O SENHOR DO LADO ESQUERDO

ALBERTO
MUSSA

O SENHOR DO LADO ESQUERDO

5ª edição

EDITORA RECORD
RIO DE JANEIRO • SÃO PAULO
2025

CIP-BRASIL. CATALOGAÇÃO NA PUBLICAÇÃO
SINDICATO NACIONAL DOS EDITORES DE LIVROS, RJ

M977s Mussa, Alberto, 1961-
5. ed. O senhor do lado esquerdo / Alberto Mussa. - 5. ed. - Rio de Janeiro : Record, 2025.

ISBN 978-85-01-92593-0

1. Rio de Janeiro (RJ) - História - Romance. 2. Romance brasileiro. I. Título.

CDD: B869.3
25-99851.0 CDU: 82-311.6(81)

Meri Gleice Rodrigues de Souza - Bibliotecária - CRB-7/6439

Texto revisado segundo o Acordo Ortográfico da Língua Portuguesa de 1990.

Direitos exclusivos desta edição reservados pela
EDITORA RECORD LTDA.
Rua Argentina, 171 – Rio de Janeiro, RJ – 20921-380 – Tel.: (21) 2585-2000.

Impresso no Brasil

ISBN 978-85-01-92593-0

Nota prévia

Esta história é sobre aquele
que primeiro mata, depois
dança.

Cuidado! Verdadeiro caçador
é quem seduz a caça.

Não é a geografia, não é a arquitetura, não são os heróis nem as batalhas, muito menos a crônica de costumes ou as imagens criadas pela fantasia dos poetas: o que define uma cidade é a história dos seus crimes.

Não me refiro, é claro, aos delitos vulgares. Em qualquer lugar do mundo há criminosos incaracterísticos, previsíveis, triviais. Falo dos crimes fundadores, dos crimes necessários; e que seriam inconcebíveis, que nunca poderiam ter existido a não ser na cidade a que pertencem.

Cheguei a essa conclusão por conta do Congresso Permanente, mantido pela Unesco, sobre Teoria e Arte da Narrativa Policial, que tem sede em Londres e apoio financeiro da Scotland Yard.

Fiz parte da Quarta Seção, cuja tarefa era estudar a crônica criminal de grandes capitais do mundo e arrolar exemplos de "crimes perfeitos" — que tivessem ocorrido realmente, mas fossem da natureza de seus congêneres literários.

Embora me incomodasse alguma impropriedade nessa denominação, aceitei a norma do Congresso e levantei um grande número de casos na história do Rio de Janeiro, cidade que me cabia investigar. E estava a ponto de fechar o relatório quando notei que um deles destoava dos demais.

Era, também, um caso de crime perfeito. Só que a "perfeição" desse crime não estava na inviabilidade material de se encontrarem provas, mas na impossibilidade lógica de se admitir a solução. Não me conformei em dispor matéria como aquela num texto burocrático.

Em Londres, tive uma reunião difícil. Além de ser uma cidade fora da zona tropical, não imaginava que os nativos fossem tão exóticos: não conseguiam conceber as noções de acaso ou de desordem, eram ponderados, comedidos, pontuais, não reagiam muito bem a emoções espontâneas. Saí demitido da sede do Congresso; mas não entreguei os meus apontamentos.

E foi com base neles que escrevi esta novela, seguindo, naturalmente, a fórmula policial. Mas ela também pode ser lida como uma história de aventura, uma trama de "caça ao tesouro", em que dominam as cenas de duelo, a ambição e a vingança. Está, por isso, mais perto de Dumas que de Melville ou Conrad — o que trai a vocação francesa da cidade.

Outros a lerão como um passeio pelo Rio de Janeiro, feito simultaneamente no tempo e no espaço — porque não se compreende ou interpreta um crime fora da sua própria cena.

E, porque são os crimes que definem as cidades, ela é ainda o mito do Rio de Janeiro. Mito de fundação, embora fora da cronologia. Hoje reconheço que o conceito de cidade independe da noção de tempo.

Muitos dirão que enveredei mais uma vez pelo gênero fantástico. Rejeito a hipótese. Esta é uma história real, e uma autobiografia, embora pareça ficção. Porque a literatura, para ser minimamente interessante, tem que ser diferente da vida.

A Casa das Trocas, antiga residência da marquesa de Santos, São Cristóvão, Rio de Janeiro

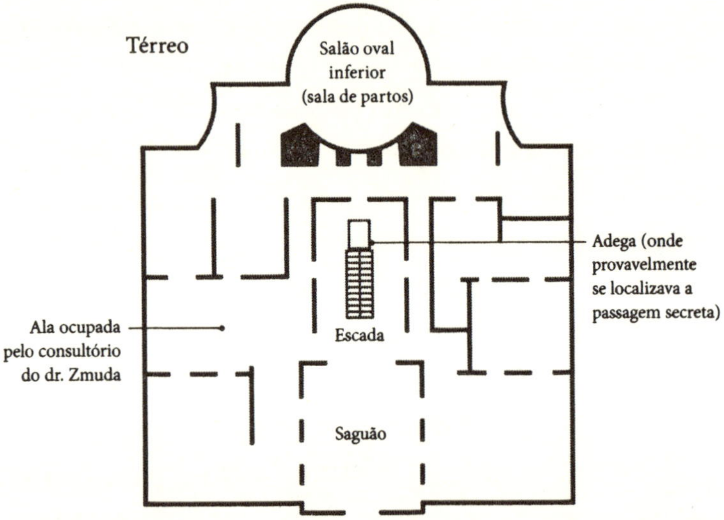

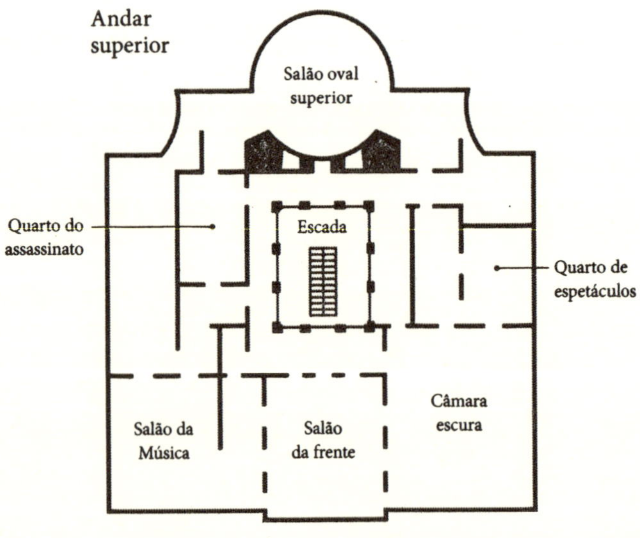

Então perguntaram a Tirésias;
e o adivinho disse: se o prazer
fosse dividido em dez partes,
nove ficariam com a mulher.

Depois interrogaram o profeta;
e Maomé respondeu: se o prazer
fosse dividido em cem partes,
noventa e nove ficariam com a mulher.

O crime que vitimou o secretário da presidência da república, no governo Hermes da Fonseca, aconteceu no velho bairro imperial de São Cristóvão, na antiga rua do Imperador (atual avenida Pedro Segundo), onde se erguia a lendária mansão denominada Casa das Trocas.

A Casa das Trocas, que foi residência da marquesa de Santos, depois propriedade do barão de Mauá, foi adjudicada, em última instância, ao médico polaco Miroslav Zmuda — polêmico defensor do aborto e da esterilização feminina, que tomou posse dela em 1906.

Esse fabuloso palacete foi ainda sede do Ministério da Saúde e Museu do Quarto Centenário, abrigando, hoje, o

Museu do Primeiro Reinado. No dia em que nossa história começa — sexta-feira, 13 de junho de 1913 — parecia funcionar nele a soberba clínica do polonês.

Disse que parecia funcionar. É exagero: funcionava, realmente, naquela casa, apenas no período da manhã, na ala esquerda do pavimento térreo, o consultório clínico do doutor Zmuda, que também dispunha de uma sala de partos, usada muito raramente. Todavia, oculto sob aquela fachada, existia ali também um magnífico prostíbulo — cujos mistérios se encerravam no andar superior.

O prostíbulo do doutor Zmuda foi, no gênero, o estabelecimento mais singular da história da cidade. Porque não era apenas um lugar onde homens alugavam prostitutas: mulheres também podiam fretar serviços masculinos. Aliás, eram permitidos todos os arranjos, todas as combinações, todas as permutas.

E nem sempre havia prostituição: iam à Casa amantes gratuitos, espontâneos (e o preço para acobertá-los estava até entre os mais altos). Também havia os que buscavam amores aleatórios, que estabeleciam relações com desconhecidos — e assim se expunham a intimidades coletivas, nas noites de orgia, em festas promovidas só para casais. E por isso, por essa última particularidade, é que ficou sendo — para esse grupo — a Casa das Trocas.

Frequentada por gente importante, mantida com rigorosa discrição, protegida por autoridades e principalmente amada pelos seus fregueses, a clínica do doutor Zmuda não teria resistido — não fosse isso — ao tremendo e inesperado abalo que foi a morte do secretário presidencial, em suas dependências.

As testemunhas foram quase sempre convictas e afirmativas, e apontavam uma única suspeita — a prostituta conhecida como Fortunata.

Foi ela quem esteve no quarto com o secretário. Era uma das "enfermeiras" — como eram chamadas, na Casa, as meretrizes fixas, que dispunham de uma carteira de clientes. Seus movimentos, no dia, foram normais: atendeu a dois senhores antes da vítima; e — quando recebeu o secretário, às quatro horas — foi logo acomodá-lo num dos quartos, de onde desceu, minutos depois, para pegar taças e vinho tinto.

Ninguém estranhou quando, perto da Ave-Maria, Fortunata apareceu, cheia de pressa, no salão oval do andar superior, onde normalmente descansavam as enfermeiras. Disse estar muito atrasada, chegando a recusar, com jeito malcriado, um cálice de licor de caju — antes de sair, pela porta da frente.

Só duas horas mais tarde, quando consideraram excessivo o descanso do secretário, foram bater no quarto. A enfermeira que descobriu o crime, felizmente, não gritou.

O corpo tinha punhos e tornozelos fortemente amarrados às grades de ferro da cama, de uma maneira que — segundo a perícia — impediria a vítima de se libertar sozinha. O pescoço exibia ainda a marca profunda dos dedos do assassino. O laudo médico-legal (que permaneceu secreto) confirmaria a esganadura como *causa mortis* — embora a força empregada ultrapassasse, comumente, a de uma mulher.

Aparentemente, nenhum objeto de valor faltava: estavam lá o anel de ouro com seu vistoso rubi, o relógio de bolso e sua longa corrente, feitos do mesmo metal, e o camafeu de marfim incrustado no prendedor da gravata, além de onze mil-réis em dinheiro — o que logo eliminou a hipótese de latrocínio.

Uma circunstância constrangeu as pessoas: o secretário da presidência jazia amordaçado e com os olhos vendados por uma tira grossa de pano preto. E um chicote de cabo de prata estava caído no chão, perto da cama — o que explicava as fundas lacerações nas pernas e na área do púbis.

É muito antiga a lenda de que, da Casa das Trocas, reformada especialmente para ser residência da marquesa de Santos, partiam várias galerias subterrâneas que a ligavam ao paço da Quinta da Boa Vista e a outras casas de ruas próximas, aonde dom Pedro podia ir sem despertar suspeitas.

Essa é uma ironia da cidade: num prédio dotado de passagens secretas, criminosos saem pela porta da frente, como teria feito Fortunata. Isso nunca aconteceria em Londres, Bagdá ou Buenos Aires, para ficar com apenas três exemplos.

Enquanto as autoridades tentavam abafar o escândalo, um enorme contingente de policiais vasculhava as ruas de São Cristóvão e dos bairros vizinhos, para prender uma mulher chamada Fortunata, de quem forneceram uma sumária descrição, tomando o cuidado de não a vincularem a nenhum homicídio.

A esperança da polícia era não ter ido a fugitiva muito longe, ficando homiziada em casa de amigos ou de amantes. Mesmo assim, grupos de guardas-civis e agentes do corpo de segurança pública corriam para o terminal das barcas, para as estações ferroviárias, tentando interceptar uma possível evasão da assassina.

Fortunata alugava um quarto no morro da Conceição, no sobrado de uma mestra de costuras. Ficou aterrorizada, essa senhora, com a revista da polícia aos aposentos da inquilina e declarou não tê-la visto naquele dia, presumindo que ainda estivesse de plantão no hospital do polonês. Falava, ao que parece, a sua versão da verdade, já que os objetos pessoais da provável assassina permaneciam lá.

As buscas, a das ruas e a do quarto, foram infrutíferas. Para o comando da polícia, que calculava prender a foragida em poucas horas, o fracasso dessas diligências começava a trazer complicações, e a pressão sobre os agentes aumentou. Até que um incidente fortuito, ocorrido pouco depois da meia-noite, na Gamboa, veio mudar os rumos da investigação.

Um policial relatou que, ao descer por uma das encostas do morro da Favela, ladeando o cemitério dos Ingleses, pelos fundos, viu um vulto, talvez um homem, um violador de sepulturas, tentando pular o muro, de dentro para fora, depois de prender uma corda num pé de cajá que esticava seus galhos sobre a rua.

Não apitou, não quis chamar seus companheiros, porque não tinha certeza sobre a inexistência das assombrações. Mas teve a sensação de que o homem — ou o que quer que fosse --, tendo notado sua presença, recuara. Foi o bastante para que se enchesse de brios. E, segurando a mesma corda por onde o vulto pretendia descer, escalou o muro e invadiu o cemitério.

Naquele território lúgubre, cravado de árvores copadas que mergulhavam tudo em trevas, o destemido policial procurou rastros do profanador. E viu, realmente, para seu desespero, abaixo do plano da capela, um espectro passando. Meio em pânico, meio arrependido, conseguiu articular a ordem de prisão. E ameaçou avançar. Foi quando o ente que se movia nas sombras traiu sua verdadeira natureza, com uma nova fuga, dessa vez para trás de uma lápide.

Todo predador ganha coragem na razão inversa do temor exibido pela presa. Com o polícia, não foi diferente. E ele então se lançou no encalço de quem só poderia ser mesmo um ladrão de túmulos.

Não houve luta, propriamente. Em pouco tempo, o agente prendeu um velho, vestido com roupas muito simples e com um grande saco, preso a uma correia de couro para ser carregado à bandoleira.

— Vim fazer um trabalho. Coisa minha. Não pergunte quem me encomendou.

Na delegacia da praça Mauá, sede do primeiro distrito (que jurisdicionava a zona portuária, além da parte norte do centro da cidade, do antigo cais dos Mineiros ao canal do Mangue, na altura da praia Formosa), apreenderam com ele estranhos objetos: conchas, pedras, ferragens miúdas, lascas de madeira, cotocos de pemba, velas de sebo, folhas maceradas, vidrinhos com cocções desconhecidas e cartuchos de fundanga, além de outros conteúdos. Havia também uma garrafa de cachaça e fragmentos ósseos de animais.

Mas o que surpreendeu as autoridades foram as peças em ouro: um par de brincos em forma de cavalo-marinho. O comissário de plantão, que recebera mais cedo uma descrição de Fortunata — mulher parda, alta, com cerca de um metro e setenta, trajando vestido de tafetá azul-turquesa e brincos de ouro em forma de cavalo-marinho —, concluiu que não poderia se tratar de mera coincidência; que aqueles brincos tinham estado, momentos antes, nas orelhas da mulher que perseguiam.

— Foi o preço do meu serviço.

Era conhecido da polícia, aquele velho. Atendia apenas pelo nome de Rufino e tinha fama de ser tremendo feiticeiro. Personagem antiga na cidade, morava no alto de Santa Teresa, numa região afastada, onde havia meia dúzia de casebres, na boca da floresta; mas era visto com frequência nas vizinhanças da igreja do Rosário, na Pedra do Sal, no largo da Lapa e na ladeira da Misericórdia — onde podia ser encontrado mesmo pela gente rica, que ia até ele atrás de rezas, garrafadas, patuás. Raramente recebia fregueses no alto do morro, a não ser em casos graves, em operações que precisavam ser feitas no próprio corpo do paciente.

Diziam que passava dos cem anos e era dono de um imenso tesouro enterrado, embora pouca gente desse crédito a tais lendas. Era temido e respeitado, na verdade, porque seu poder viria da particularidade de nunca ter dito — e nem poder dizer — mentiras.

O comissário, no entanto, era um sujeito cético. Queria saber quando e onde Rufino obtivera joias pertencentes a uma fugitiva, procurada por ordem direta do chefe de polícia.

— Quem me deu esse ouro foi um homem.

A surpresa do comissário não foi por conta da resposta, mas pela reação solene e reverente dos seus comandados.

— Acredite nele, chefe. Esse velho não mente.

E Rufino revelou que os brincos tinham pertencido ao homem para quem fizera o trabalho — obrigado para tanto a invadir o cemitério; e que esse homem estaria em sua casa, no alto de Santa Teresa, num prazo de quatorze dias, para complemento do feitiço.

Depois de alguma hesitação, o comissário mandou prendê-lo, até o pronunciamento dos superiores, a quem mandou comunicar a ocorrência. E reteve as joias, como prova material de um possível crime ligado ao caso de Fortunata — embora sequer soubesse por que estava sendo procurada.

O feiticeiro protestou, disse que aquilo era um roubo. Antes de ser levado à cela — conduzido com todo o respeito pelos guardas, que chegaram a lhe pedir desculpas — Rufino encarou a autoridade:

— Se precisar de mim, doutor, não me procure.

Era folgado, aquele velho.

Estranhamente, no dia seguinte ao homicídio, os obituários referiam o falecimento do secretário da presidência da república, vítima de súbito colapso cardíaco.

Não houve menção a assassinato, nem ao incidente do cemitério dos Ingleses. Também nada se disse sobre as buscas no morro da Conceição, nem se aludiu ao nome de Fortunata. Apenas uma gazeta foi mais perspicaz e publicou uma breve matéria onde se liam coisas como "estranha morte", "circunstâncias ignoradas" e "silêncio das autoridades". Contudo, não se levantaram mais suspeições.

Como esta é uma narrativa policial, é importante que o leitor conheça exatamente como as coisas se passaram. Vamos, então, retroceder à noite da ocorrência, para conhecer a exata cronologia dos fatos e entender como tragédia tão escandalosa pôde ficar incógnita.

É certo que a atuação do doutor Zmuda, por ter intimidade com pessoas poderosas, foi decisiva para dissimular o crime. Sua primeira providência, assim que constatou a ausência de hálito e de pulso, foi ordenar que não tocassem em nada. Determinou também que não se recebesse mais nenhum freguês, naquela noite, e que todas as enfermeiras permanecessem no salão oval, até segunda ordem.

Por sorte, era sexta-feira, dia de pouco movimento. O polonês se despediu dos dois últimos clientes — que não chegaram a desconfiar de nada — e não muito depois das oito e meia telefonou para o chefe de polícia.

Desde 1907, a chefia da polícia do Rio de Janeiro estava diretamente subordinada ao ministro da Justiça, que nomeava o chefe. Abaixo deste, havia três delegados auxiliares, a que se seguiam, numa escala decrescente, e hierarquizados conforme classes e entrâncias, os delegados distritais e os comissários — além, é claro, dos agentes propriamente ditos.

Talvez o chefe de polícia tivesse até algum respaldo do ministro, porque certas decisões têm que ser imediatas: dando ao crime um viés político, não permitiu a instauração de inquérito no distrito de São Cristóvão, local do feito, e avocou o caso, chegando à Casa das Trocas antes de nove e quinze.

Dali, por telefone, assim que ouviu o breve relato do incidente e tomou a descrição da suspeita, determinou as buscas, que se iniciaram pelas nove e meia.

O chefe de polícia tinha, contra si, o tempo: não era possível retardar demais o comunicado à família. Mas não queria que parentes vissem o corpo, naquele estado, antes que pudesse dissimular as marcas de agressão, especialmente as do pescoço.

Por outro lado, era indispensável um exame ainda que sumário da cena do crime. Afinal, aquele homicídio poderia ter sombrias causas e gravíssimas implicações políticas. E foi no tumulto dessas ideias que perguntou ao médico:

— Me diga uma coisa, Zmuda: quem são os homens da polícia que vêm aqui?

O polonês nunca dava esse tipo de informação. E relutou, quanto pôde. Mas, naquela circunstância, não conseguiria resistir sem se comprometer. E respondeu: além dos muitos que iam à casa mais eventualmente, eram fregueses habituais os delegados da Lapa, de Botafogo, da Gávea, da Tijuca, de Santa Teresa, da Mem de Sá, de Madureira, do Méier e da praça da Bandeira; um comissário de Vila Isabel, envolvido com o jogo do bicho; dois dos delegados auxiliares; e um perito em datiloscopia.

Há certas coincidências que ajudam muito os novelistas: o chefe de polícia conhecia o tal perito. Mais que isso: estimava o temperamento ambicioso e a inteligência aguçada do subordinado — tanto que fizera dele chefe do serviço de identificação criminal.

Assim, enquanto se fazia a caça a Fortunata, o chefe convocava às pressas, para se apresentar na Casa das Trocas, essa importante personagem, que ainda irá brilhar nestas páginas. E foi a ela, personagem, que a chefia de polícia delegou a investigação do caso, a ser conduzida em caráter estritamente confidencial.

Enquanto o perito trabalhava na cena do crime, o chefe de polícia não teve dificuldade de convencer o doutor Zmuda a atestar o óbito que falseava a *causa mortis* — até porque não seria aquele o primeiro delito cometido pelo polonês. E, como acreditasse que as enfermeiras — com aval do próprio médico e de sua administradora — não ousariam nenhuma indiscrição, pôde construir a versão final: o secretário, depois de sair de uma reunião sigilosa com altas personalidades do governo, sentindo súbito mal-estar quando passava por São Cristóvão num carro de aluguel, pediu ao condutor que o levasse à residência do doutor Zmuda — o endereço mais próximo de clínica médica que ocorreria a qualquer passante, naquela situação. O polonês tentara uma medicação de emergência, mas o paciente acabara não resistindo.

Foi essa a história que contaram à viúva, aos filhos, aos demais parentes, à imprensa. Quando, pelas quatro da manhã, o corpo entrou para o velório, no palácio do Catete, já estava preparado e vestido com um belo fardão de gola alta. Ninguém viu, portanto, as evidências do crime.

A casa da marquesa, amante de dom Pedro, não é o único prédio, na cidade, de que se contam histórias sobre passagens secretas. Os casos mais conhecidos, na verdade, envolvem duas das mais antigas ordens religiosas instaladas no Rio de Janeiro: a de São Bento, estabelecida no morro homônimo; e a dos jesuítas, que levantaram um colégio no morro do Castelo.

Os beneditinos foram acusados, várias vezes, de promover contrabando por um túnel secreto, onde, dentro, havia até um cais. E tarde da noite, de vez em quando, certa pedra se movia para dar passagem a pequenos esquifes, ou até batéis, carregados de mercadorias, que iam abastecer naus fundeadas nas vizinhanças de Paquetá.

Já os jesuítas — é sabido há muito tempo — tinham aberto galerias semelhantes: uma que partia do altar-mor da velha igreja do Colégio e se ramificava em vários túneis (sendo uma dessas bocas descoberta em 1905, durante as obras da avenida Central); e outra que ligava a biblioteca dos padres à Ponta do Calabouço — tendo sido por esta última que (dizem) fizeram escoar seu fabuloso tesouro, pouco antes de serem definitivamente expulsos da cidade, depois de alguma resistência, em 1760.

E há ainda outros casos: por exemplo, em 1831 foi descoberto, sob o chão dos trapiches da alfândega, uma galeria que teria servido de esconderijo para capoeiras e escravos rebeldes — galeria essa que os conduziria, depois, à fuga atlântica.

A evasão desses cativos e condenados a galés era promovida pela grande rede dos chamados "sedutores de escravos", na verdade uma organização criminosa composta principalmente de africanos livres, articulados com membros das irmandades de pretos e com militares que serviam no terrível presídio do arsenal da marinha — onde os detentos eram submetidos a trabalhos forçados nas pedreiras da ilha das Cobras.

Incrível nessa história é que, do subsolo da alfândega, os fugitivos seguiam por um túnel subaquático —

o primeiro do mundo, nesse gênero — até o arsenal, onde embarcavam, clandestinamente.

Dizem que ligado a passagens secretas está também um homicídio carioca de larga notabilidade: o que vitimou o capitão da marinha francesa Jean du Clerc. Esse afamado pirata havia sido derrotado e preso, quando tentou tomar o Rio de Janeiro, em 1710. Detido com regalias, na residência de um dos homens bons do tempo, du Clerc foi morto por um bando de embuçados, que teria invadido estranhamente a casa, sem que as sentinelas notassem.

Poucos meses depois do crime, em 1711, outro importante pirata, capitão René du Guay, aproveitando um denso nevoeiro, conseguiu forçar a barra e desembarcar na praia da Gamboa com mais de cinco mil homens. E sequestrou a cidade, dessa vez, vingando a derrota de du Clerc. Apesar de ter extorquido fabuloso resgate, René du Guay não encontrou o que queria — o mapa perdido de Lourenço Cão, de que du Clerc era possuidor, quando zarpou de La Rochelle.

Esse mapa — além de desvendar enigmas sobre uma hipotética descoberta da baía de Guanabara pelos fenícios — assinalava o caminho das preciosas minas do Irajá, a localização de uma cidade de mulheres, além de muitos outros sítios importantes, incluindo a boca da laguna subterrânea que contém a água salobra da imortalidade, à qual se chegaria por um grande túnel de pedra (provavelmente uma concavidade natural da rocha), cujas entradas, de tão ocultas, eram já desconhecidas dos próprios indígenas.

Uma passagem secreta está também na história do crime mais ilustre do Rio de Janeiro: o assassinato do facínora Pedro Espanhol, nas enxovias do Aljube, onde foi achado morto na manhã do dia em que seria enforcado.

Pedro era galego, não espanhol. A alcunha lhe foi dada pela gente simples do Rio, para espezinhá-lo. Começou sua história triste muito moço, na Galícia nativa, matando amigos e parentes. Depois passou a Portugal, onde trucidou a amante bela e rica que lhe dava tudo. E fugiu para o Rio de Janeiro.

Pedro Espanhol nunca foi um capoeira: matava à traição, quase sempre pelas costas. Assassinou benfeitores, eliminou companheiros de quadrilha, cometeu crueldades desnecessárias contra pessoas indefesas. E nem tinha a paixão da riqueza, não tinha o vício das mulheres, muito menos uma ideologia. Fico por aqui: quem tenha vísceras para os pormenores, que leia o romance de José do Patrocínio.

Entra para a história dos crimes cariocas não como assassino, mas como vítima. Na manhã do dia em que seria enforcado, Pedro Espanhol estava morto em sua cela. Falaram de feitiçaria e de envenenamento; falaram também de passagens secretas. Mas não houve inquérito; talvez nem tenham percebido que já se tratava apenas de um cadáver.

Contra toda natureza — ou, quem sabe, por acinte —, conduziram o prisioneiro, naquele estado, ao largo da forca, na Prainha. E grande multidão testemunhou a execução do bandido abominável, que não deixou de sacudir e balançar, pendurado na corda, até morrer pela segunda vez.

Dias antes de deixar o governo, em novembro de 1910, Nilo Peçanha inaugurou, na rua da Relação, esquina com a dos Inválidos, o Palácio da Polícia Central, obra do arquiteto Heitor de Melo, talvez o principal cultor do estilo francês, que desde dom João Sexto predomina nos grandes edifícios da cidade.

A importância histórica do prédio transcende a própria arte: porque foi nele, nesse Palácio, que se instalaram os novos departamentos periciais, cuja missão era dar apoio técnico às delegacias, com o emprego dos métodos mais avançados da criminalística e da criminologia de então. Foi também nele que surgiram a Escola de Polícia Científica e o fascinante Museu do Crime.

Impressionante, o acervo do Museu. As peças — todas elas — eram retiradas das cenas reais de crimes ou apreendidas como evidência contra suspeitos. Eram armas e projéteis, para análises balísticas, instrumentos diversos usados com fim letal, objetos com impressões digitais (uma novidade da época), moldes de calçados, fragmentos de tecidos (para exame comparativo de materiais), até mesmo cartas, que ilustravam perícias grafotécnicas.

O Museu dispunha ainda de uma lúgubre coleção de órgãos humanos, extraídos durante a necropsia das vítimas e depois conservados em soluções de ácido fórmico, para estudos médico-legais.

Chamava a atenção também o enorme conjunto de peças relativas a atividades ilícitas, como samba, candomblé e jogos clandestinos: roletas com pedal de controle, dados viciados, baralhos ciganos com figuras esotéricas e o vastíssimo arsenal das mães e pais de santo — em que se destacavam os mais variados tipos de tambores, inclusive a mais antiga puíta fabricada no Rio de Janeiro, distinta de sua congênere africana por ter a haste voltada para dentro.

Por fim, havia uma seção com documentos: inquéritos, relatórios, estatísticas criminais, fotografias de cadáveres, na posição em que se encontravam na cena do crime, e fichas de identificação antropométrica, daquelas preconizadas por Alphonse Bertillon — que logo se tornaram obsoletas porque a nova orientação da perícia preferia tendências mais modernas, dominantes na Argentina, nos Estados Unidos e no Império Britânico.

Todo esse material estava sob a responsabilidade do perito Sebastião Baeta, que — apesar da origem espúria — tinha estado em Londres, Nova Iorque e Buenos Aires, estudando algumas técnicas empregadas pela polícia científica desses países, particularmente a datiloscopia.

Era, reconhecidamente, um dos principais talentos na área da investigação e das ciências do crime, tendo sido um dos precursores das técnicas de fotografia e pulverização de impressões digitais.

Não surpreende, portanto, que o alto-comando da polícia designasse o seu melhor perito, e chefe daquele serviço, para colher e analisar, secretamente, as evidências do homicídio ocorrido na Casa das Trocas. O leitor já intuiu que foi o perito Baeta aquele homem convocado às pressas pelo chefe de polícia, na noite do crime.

Baeta tinha tal vocação para as disciplinas forenses que — mesmo não sendo médico — adquirira boas noções de anatomia e fisiologia, e raramente se equivocava quanto à *causa mortis* e outras circunstâncias de um homicídio.

Assim, o legista (indicado pelo próprio ministro da Justiça), fazendo apenas um exame sumário, ratificou as conclusões do perito, antecipadas ao chefe de polícia: que o secretário morrera asfixiado por constrição das cavidades respiratórias do pescoço; e — dados a queda de temperatura e os primeiros sinais de rigidez mandibular e cervical — que tal estrangulamento se dera pouco antes da hora aproximada em que Fortunata deixou o prédio.

A análise das digitais, particularmente nas taças e na garrafa de vinho, revelou que ali beberam duas pessoas: o secretário e um outro indivíduo. Segundo as enfermeiras que testemunharam os movimentos da suspeita antes do assassinato, Fortunata apanhou as taças e a garrafa para levá-las ao quarto. Logo, é de se presumir que fosse dela essa segunda marca digital.

Em algum momento, provavelmente no quarto, a garrafa foi colhida pelo bojo e não pelo gargalo. As dimensões da mão que executou este gesto coincide com as daquelas que estrangularam a vítima. Portanto, foi a prostituta quem matou o secretário, não havendo por que pressupor um terceiro elemento na cena do crime.

Essa última hipótese, no entanto, não foi pacífica: Baeta não pôde deixar de estranhar a força um tanto excessiva, excepcional numa mulher, das mãos de Fortunata, capazes de fraturar as cartilagens laríngeas do secretário — cujo pescoço era robusto e relativamente adiposo — além de secionar em duas a curva cervical da coluna, na altura da quinta vértebra. Talvez por despeito, o legista tenha menosprezado essa leve objeção.

Dos objetos apreendidos com Rufino, tinham interesse pericial os brincos em forma de cavalo-marinho; mas a superposição de digitais dificultava identificações precisas.

Sebastião Baeta esteve ainda no cemitério dos Ingleses. A primeira coisa que lhe chamou atenção foi um resíduo de fogueira, extinta há pelo menos doze horas, que, além de cinzas, tinha fragmentos de couro chamuscado, provavelmente restos de um sapato incinerado ali.

Não havia sinais de túmulos violados, nem de terra recentemente revolvida, exceto numa área mais afastada, bem no alto, à direita, numa descaída do terreno, onde — dias antes da prisão de Rufino — havia sido cavada uma vala comum. Nessa vala foram enterrados os corpos de uma dezena de marujos, mortos durante a quarentena de um cargueiro britânico que viera do Ceilão, talvez trazendo a bordo algum gênero de peste.

O episódio do cargueiro havia provocado uma certa rusga entre a comunidade anglicana e as autoridades brasileiras. Os ingleses pretendiam aceitar em seu campo-santo apenas os corpos dos quatro marinheiros súditos da coroa britânica e adeptos do mesmo credo. A municipalidade, no entanto, decidiu que ou se enterravam os onze mortos — entre os quais indianos, africanos e malaios — ou seriam todos destinados à vala comum de outra necrópole.

Por isso, por ter sido forçada a admitir muçulmanos e idólatras num solo tão sagrado, a administração do cemitério se tomou de brios e tentou impedir aquela revista, que considerava infame, retardando o trabalho da perícia em uma dezena de dias. No fim, a vala foi aberta, no dia 23 de junho, diante de um comissário do primeiro distrito e de um dos auxiliares do perito, não tendo sido encontrado nenhum cadáver de mulher. Assim, foi rechaçada a hipótese de que Rufino matara Fortunata, roubara os brincos e escondera o corpo.

Baeta acrescentou à coleção do Museu do Crime a garrafa de vinho e uma fotografia do pescoço do secretário (que ocultava o rosto), destacando a região estrangulada pela prostituta — para que o método comparativo empregado por ele pudesse ser ensinado a alunos da Escola de Polícia.

Ia me esquecendo de um dado fundamental: o chicote com cabo de prata, que provocou tantos comentários maldosos, tinha as digitais que a perícia concluiu serem as da mulher. No entanto, não tendo sido empregado como arma, também não foi integrado ao acervo do museu.

Talvez o grande mérito de Sebastião Baeta, como perito, tenha sido sua experiência prévia de investigador. Ingressara na polícia como agente, atuando no quinto distrito, na área sombria da Lapa, polo da capoeiragem e berço de bandidos. E logo demonstrou talento para resolver casos complexos, com emprego de uma metodologia simples, resumida na sentença que ele próprio cunhara: ninguém resiste a uma indiscrição contínua e exaustiva.

Para Baeta, a cena do crime dizia muito sobre o criminoso, que invariavelmente deixava nela sua "assinatura". O trabalho da polícia científica consistia, idealmente, para ele, em descobrir e identificar essas assinaturas, sem recorrer à falibilidade, ou mesmo venalidade, das testemunhas — elemento fundamental na constituição da prova, nas antigas tradições judiciárias.

Natural, portanto, o entusiasmo do perito pela datiloscopia. Seu projeto mais ambicioso era manter arquivos datiloscópicos de toda a população carioca — para identificar de imediato o autor de um crime, tão logo fosse cometido.

Todavia, em 1913, o serviço de identificação criminal era ainda muito incipiente. Sem poder contratar e treinar pessoal, a administração da polícia não tinha como obter dados de todos os habitantes da cidade: apenas os indivíduos que passavam pelos distritos (e nem todos) eram levados à rua da Relação para serem fichados — quando eram tomadas as impressões digitais.

E foi assim que Baeta esteve frente a frente com Rufino, pela primeira vez. Na tarde do dia 23 de junho, concluída a inspeção no cemitério dos Ingleses, o chefe de polícia telefonou para o distrito da praça Mauá, determinando que o feiticeiro fosse posto em liberdade, depois de levado à rua da Relação, para os procedimentos de praxe. O delegado fez ponderações. Mas a decisão estava já tomada.

— O homem é uma isca: preso, não levará ninguém a lugar nenhum.

Tanto o chefe de polícia quanto o perito Baeta tinham convicção de que Rufino não matara Fortunata — e por um motivo muito simples: as passagens do velho pela polícia tinham sido sempre no 399, pelo crime de vadiagem. Todos sabiam quem era, o que fazia, onde morava. Essa era, aliás, a grande esperança: haver ainda alguma relação entre ele e a prostituta, porque talvez pudessem rastreá-la. Se estivesse morta, por outro lado, descobrir o motivo do crime, ou seu mandante, ficava quase impossível.

O único problema — pelo menos o único problema que Baeta supunha existir — era manter oculta a ligação entre a morte do secretário e as buscas por Fortunata. Principalmente depois de os brincos terem sido encontrados com o feiticeiro.

Por isso, foi com imenso desagrado que o perito viu Rufino chegar ao prédio da polícia central, acompanhado de um agente e do próprio delegado do primeiro distrito.

— Preciso conversar com o colega.

Era constrangedora, a situação. Baeta — que teria aproveitado a oportunidade para interrogar o velho — deixou a tarefa com os auxiliares e convidou o delegado a uma salinha privada. O perito fez um sinal de reprovação, com a cabeça, ao notar que o agente também entrava.

— Não se preocupe. No primeiro distrito, todos são irmãos.

O delegado achava muito importante saber por que crime estavam procurando a tal Fortunata. O perito, naturalmente, afirmou ser tão ignorante quanto ele, que trabalhava numa área burocrática da polícia, que não lhe competia questionar superiores. O delegado tinha uma expressão desconfiada.

— Tem ideia do que existe entre a mulher e esse velho?

A situação não era só constrangedora: era perigosa. Se ele, Baeta, não agisse rápido, aquele pessoal da praça Mauá poderia pôr as mãos em Fortunata. E certamente iriam forçá-la a falar, fazendo a história toda vir à tona. O perito, então, inverteu as posições, abandonando a atitude defensiva.

— Vocês estiveram dez dias com o velho. Tempo suficiente para uma confissão.

Dessa vez, para surpresa do perito, o agente intercedeu, reproduzindo o depoimento de Rufino, que alegava não ter recebido os brincos diretamente de Fortunata, mas das mãos de um homem.

— Esse homem vai estar na casa dele, nessa próxima sexta.

O perito percebeu, no delegado, uma certa incredulidade. O agente, no entanto, insistiu:

— Espere até sexta, chefe. Esse velho não mente.

Baeta ouvira vagamente a lenda. E, para fugir ainda mais do assunto, fez uma provocação:

— A pessoa que mente só pode afirmar que não mente. É um tanto óbvio, não acha?

Mixila — como era conhecido o agente — quase se ofendeu. E começou a desfiar histórias sobre o feiticeiro. Era, entre os polícias, dos que mais fomentavam a mitologia de Rufino, contando coisas incríveis: sobre curas milagrosas, previsões desconcertantes, indivíduos amarrados agindo contra a própria vontade, pessoas que enriqueceram subitamente ou fizeram contato com parentes mortos.

Referia ainda experiências pessoais: que tinha o corpo fechado, por obra do velho, contra arma de metal e bala de revólver; e que por isso se salvara, fantasticamente, em confrontos com os piores facínoras, de que todos foram testemunha, até o próprio delegado.

— Devo minha vida a ele.

E abria a camisa, exibindo cicatrizes. Nesse momento, bateram na porta, dizendo já terem terminado com o velho.

Diante de Rufino, que encarava o delegado com desprezo, Baeta só não conteve uma pergunta:

— Você sabe dizer o que existe entre a mulher e esse homem que te deu os brincos?

Rufino, com aquele ar de desaforo, não titubeou:

— Terem crescido na mesma barriga.

Então, era isso: mais simples do que se pensava. Talvez valesse a pena esperar que esse irmão fosse encontrado; que fosse, realmente, na sexta-feira, à casa do feiticeiro.

Baeta, então, dispensou o velho, devolvendo, formalmente, o par de brincos. Para seu espanto, contudo, aquilo exasperou o delegado:

— Esse homem foi preso na minha jurisdição. As evidências de um possível crime, qualquer que seja, têm que ficar comigo, na minha delegacia.

E, sem esperar resposta, deu as costas, seguido pelo agente Mixila.

Em 1890, durante as obras da sede dos Correios, instalada no antigo Paço Imperial, foi desenterrado um caixão contendo a ossada completa de um indivíduo adulto.

A circunstância de ter sido enterrado num dos cômodos do Paço, a circunstância de estar num caixão, a circunstância de nunca ter havido um único murmúrio sobre assassinato cometido nas intimidades daquele edifício público fizeram as mentes mais imaginosas imputar o crime ao próprio imperador. Mais especificamente, ao primeiro deles.

Talvez não faltem razões para tanto: dom Pedro era impulsivo, bom espadachim, tinha rudimentos de capoeiragem e inúmeras amantes casadas. Logo, segundo o enredo mais comum, o esqueleto pertenceria a um marido ultrajado, ou a um pai vingativo, que teria entrada no Paço.

O rumoroso caso do esqueleto, também chamado "crime de Bragança", foi matéria de folhetins satíricos e sensacionalistas, como o de Vítor Leal (pseudônimo compartilhado por Olavo Bilac, Aluísio Azevedo, Pardal Mallet e Coelho Neto), que deram à história sua feição corrente e definitiva.

Há, no entanto, possíveis objeções à hipótese: pelo que se lê nos jornais da época, o estado do caixão mostrava que o corpo não apodreceu lá dentro. Tratava-se, assim, de um segundo enterro, depois de exumados os restos do primeiro. Como se considerou prescrito o crime, não houve inquérito nem perícia. Portanto, nada há que garanta ser aquele um indivíduo do sexo masculino.

Essa hipótese — a de que eram de mulher os ossos sepultados no Paço — liga o caso ao tenebroso mistério da bruxa emparedada.

Listar os bruxos do Rio de Janeiro, desde as eras mais remotas, é tarefa impensável, numa novela como esta. Lima Barreto, que foi também ocultista, forjou muitos de seus contos sobre casos que estudou: por exemplo, o do alquimista francês que veio na esquadra de du Clerc, em 1710, e dizia ser capaz de transmutar ossos humanos em ouro — tendo provocado, no Rio de Janeiro, os episódios de profanação de túmulos, narrados como ficção, no clássico *A nova Califórnia*.

Foi Barreto ainda quem desenterrou o caso de um bruxo filho da terra, cuja obra principal foi ter criado a biblioteca elementar — ou seja, literalmente, a biblioteca composta por um livro único, em que é possível ler todas as histórias teoricamente concebíveis pela imaginação humana. São esses os fatos reais que estão na base de *O homem que sabia javanês*.

Poderia citar outros exemplos: *O cemitério*, *O número da sepultura*, *O feiticeiro e o deputado*. Lima Barreto se nutriu demais da bruxaria. Mas esqueceu da bruxa emparedada.

E anda mesmo esquecida, a lenda da bruxa, que desapareceu subitamente em 1699, sem deixar vestígios, depois de amaldiçoar os padres jesuítas — de quem era escrava — e todo o reino de Portugal, vaticinando o terremoto de Lisboa.

Para esta novela, a importância da bruxa, ou — mais dignamente — feiticeira, não se reduz à circunstância de pertencerem, ela e o velho Rufino, à mesma linhagem de gangas e mulójis africanos, sendo portanto herdeiros das mesmas artes e conhecimentos; mas porque foi a feiticeira emparedada quem primeiro, na história da cidade, agregou a essa herança o patrimônio milenar acumulado pelos pajés da terra, além da persistente tradição da bruxaria europeia.

Tendo sido, primeiro, escrava em Lisboa, memorizou o conteúdo dos livros ocultos de São Cipriano, particularmente os ensinamentos da famigerada bruxa Évora, de quem esse santo fora discípulo, quando esteve entre os caldeus.

No Rio de Janeiro, como escrava da Companhia, tendo servido anos nos engenhos (e tido portanto muito contato com indígenas), passou a dominar todos os usos e empregos do tabaco, as técnicas nativas de interpretação dos sonhos e o método de desvinculação temporária da alma, para contato direto com espíritos mortos.

Foi também em solo carioca que conheceu a doutrina cigana e fez amizade com o cristão-novo e cabalista Semeão de Arganil, tendo ajudado aquele sábio a fabricar um efêmero golém — o único que se registra na história da cidade.

Era, como Rufino, centenária; e talvez, como ele, não dissesse, não pudesse dizer mentiras — sendo prova o nunca ter havido erro em praga ou profecia sua. Quem conhece magia já percebe por que veredas se extraviava a feiticeira.

E foi por isso, por ter se dedicado a essa vertente menos nobre da feitiçaria, que a emparedada consumou o seu destino: na quarta-feira de cinzas de 1699 — primeiro dia de estio depois das tempestades tétricas que duraram todo o carnaval —, a feiticeira alvoroçou a cidade, com grande escândalo na porta da câmara, exigindo punição para uns padres que a teriam seviciado, durante aquelas três últimas noites.

Mas não lhe deram o merecido crédito, talvez por não considerarem fosse aquilo praga, talvez por a julgarem excessivamente estropiada, mesmo para uns padres velhos. Foi presa a primeira vez quando proferia medonhos presságios contra os jesuítas, no largo da Sé.

Castigada, voltou às ruas, pouco tempo depois, declamando maldições, nas quais descrevia de forma viva e impressionante os eventos sísmicos que em pouco mais de meio século iriam assolar a capital reinol.

Detida, dessa vez, em pleno terreiro da Polé, ao lado do pelourinho, enquanto discursava para grande multidão, foi levada ao juiz e sentenciada a açoites — desaparecendo, pouco tempo depois, sem testemunhas.

O sumiço foi notável por uma única razão: ela estava fortemente atada a um grosso esteio, no pelourinho, e tinha acabado de sofrer cinquenta chibatadas. Espalharam que tinha morrido durante o suplício, por negligência das autoridades — pois um cirurgião ou médico deveria ter acompanhado a execução da pena, para evitar acidentes daquele tipo. Assim, os próprios verdugos teriam dado fim ao corpo, se eximindo de responsabilidades.

Contra essa versão, os próprios padres difundiram o mito de que ela teria evaporado no ar, como faziam as verdadeiras bruxas, e mergulhado diretamente no inferno.

Certas verdades, no entanto, vazam, ainda que parcialmente. E a história que ficou, desde então, é que a bruxa fora emparedada no colégio do Castelo.

Coincidentemente, nesse mesmo ano começaram a construir o prédio da Casa da Moeda — núcleo arquitetônico do futuro Paço. No governo de Gomes Freire, mais tarde conde de Bobadela, o edifício sofreu significativas reformas, com acréscimo de um segundo pavimento, para ser também residência dos governadores e, depois, dos vice-reis. Logo, quebraram-se paredes para fazer subirem escadas.

Dou a minha teoria: a feiticeira maldizente foi retirada ainda viva do pelourinho. Mas não por seus carrascos. Gente ilustre na cidade, homens bons que assistiram ao suplício, perceberam que ela talvez não resistisse muito tempo. E, num repente oportunista, aproveitaram para emparedá-la — não no colégio — mas naquele prédio em construção, que ficava bem ao lado, no terreiro da Polé.

Os que primeiro encontraram o cadáver — quatro décadas depois, quando a Casa da Moeda foi reformada para se transformar no Paço — decidiram, sem alarme, pôr o esqueleto numa urna decente, depois de limpo, e voltaram a sepultá-lo, na mesma edificação.

Eram mestres de obras, canteiros, calceteiros, alvanéus, caiadores, pedreiros de todo tipo, muito usados naquele ofício. E, nas velhas tradições da arte, está a de ser necessário, nas grandes construções, emparedar uma pessoa viva, preferivelmente uma mulher, para que a estrutura não desabe. Não correriam o risco de remover dali aquela segurança.

Vimos como Sebastião Baeta travou o primeiro contato com o velho Rufino. E que nessa breve entrevista só não resistiu a uma pergunta sobre a relação entre a prostituta Fortunata e a personagem ainda conjectural que teria dado ao velho os brincos em forma de cavalo-marinho.

O leitor não deve estranhar a ansiedade do perito: as investigações feitas até aquele dia não ligavam Fortunata a nenhuma pessoa fora do círculo da Casa das Trocas — além, naturalmente, da mestra de costuras, de quem alugava um quarto.

Segundo todas essas testemunhas, não tinha amigos nem parentes na cidade. A dona do sobrado enfatizara muito esse aspecto — que, para ela, antes da revista da polícia, era a grande virtude da inquilina: aos domingos e dias feriados, quase não saía de casa, não fazia passeios, não encontrava amigas e nem tinha namorados. Parecia dedicada exclusivamente ao trabalho; e, apesar de ser bonita e se vestir com aprumo, não torrava seu dinheiro na rua do Ouvidor.

Tinha chegado à clínica do doutor Zmuda indicada por uma das veteranas, moça de muita confiança, uma das mais antigas enfermeiras da casa. Dona Brigitte — capixaba que fingia ser francesa e a quem competia a administração das meninas — era pessoa muito circunspecta e confessou ao perito ter estranhado, na época, aquele pleito, porque costumava ser dela, dona Brigitte, a iniciativa das admissões. O perito quis saber quem era a veterana.

— O senhor deve se lembrar dela, a Cássia. Casou com um freguês, um juiz de direito, pouco tempo depois, e consta que partiram para a Europa.

Baeta lembrava da moça, porque esteve com ela, pouco antes de fazer sua última viagem de especialização científica, nos Estados Unidos. E insistiu naquele ponto: se a veterana Cássia não tinha dado referências, se não tinha comentado algo mais sobre a vida pregressa de Fortunata. Dona Brigitte estava muito constrangida.

— Ela pediu tanto, disse tanta coisa boa sobre a amiga, me deu tantas garantias, que eu acabei me comovendo.

Fortunata foi recebida na ala à esquerda do saguão, na área ocupada pelo consultório do doutor Zmuda. Dona Brigitte fez questão de que ela observasse a rotina oficial da clínica; e indagou sobre sua qualificação em enfermagem, para deixá-la confusa. No fim, além de reconhecer a beleza da pretendente, simpatizou com ela — que tinha um olhar maroto, um sorriso de quem bem compreendia aquelas simulações.

Arranjaram uns papéis da Santa Casa de Misericórdia, como faziam outras vezes, que certificavam sua experiência anterior. Era o único documento em que constavam dados mínimos sobre a prostituta: Fortunata Conceição, natural do Rio de Janeiro. E nada mais.

— O senhor deve entender que é uma carta falsa.

O primeiro freguês foi um importador de insumos agrícolas, homem de sexualidade clássica, que — embora não fosse violento — era um tanto enérgico e muito volumoso. Dona Brigitte queria mesmo impressionar Fortunata, para que ela assimilasse bem as vicissitudes da nova profissão. Só não contava encontrar aquela nódoa de sangue nos lençóis, quando entrou no quarto após a saída do cliente.

— Essa foi minha primeira vez.

Consternada, emocionada até, dona Brigitte nunca descobriria os verdadeiros motivos daquela bela mulher de vinte e poucos anos que fora buscar aquela vida tão gratuitamente.

Fortunata, por sua vez, não fazia caso. Estava ali por espontânea vontade. E tinha a vocação daquilo. Era permissiva, desfrutável, fazia as coisas com a disposição dos que praticam o bem. Negava a tese preconceituosa e inverídica — até hoje defendida por muitos intelectuais

— de que as meretrizes não trabalham com prazer. Pois Fortunata tinha orgasmos intensos e belíssimos.

Só era muito reservada: não contava episódios de sua vida pessoal, nunca falou da família nem comentou as razões que a levaram à Casa. E foi sendo conhecida e estimada; e não demorou a ser admitida nas festas coletivas: Fortunata ficava com mulheres, divertia casais, não tinha limites.

— Gostava da coisa, aquela vagabunda — foi o depoimento final da capixaba, que escandalizou o perito.

Baeta também ouviu as enfermeiras. Não estranharam a violência das chicotadas, porque aquilo, com o secretário, era normal. O único fato relevante, mas que não dizia muito, por si só, foi a percepção de que, nos últimos dias, Fortunata andava muito agitada e agira mais de uma vez com certa agressividade — tendo até mordido, sem querer, os lábios de um cliente.

O perito ainda conversou com o próprio Miroslav Zmuda, mas não avançou em nenhum ponto. Pelo contrário, quase teve um atrito com o médico, porque insistia em obter uma lista dos fregueses principais de Fortunata.

— Devo também incluir seu nome?

O perito riu, amenizando a tensão. Conhecera a prostituta numa circunstância insólita. Estavam na famosa "câmara escura", uma das invenções de dona Brigitte. Uma vez por mês, sempre numa segunda-feira, a capixaba reunia todas as enfermeiras na ala direita do andar superior, vedando toda a iluminação. Clientes da casa, então, entravam. Era quando aconteciam as perversões mais fascinantes.

Ainda não sabia que se chamava Fortunata a mulher que o atraiu. Sentado casualmente ao lado dela, numa grande marquesa de jacarandá forrada de almofadas, pressentiu a presença, pelo cheiro e pelo calor da pele. E investiu contra a desconhecida.

Teve um movimento de repulsa, quando notou que havia alguém, um terceiro, um homem, na outra ponta do banco, tateando as mesmas formas, disputando com ele os mesmos espaços. Mas era irresistível, aquela textura, aquela carnação; e Baeta voltou, tentando se fazer preferir. Mas Fortunata não fez opção; e os dois a dividiram, simultaneamente.

Inseguro, enciumado, cheio de suspeitas, o perito teve ainda um sentimento de fracasso, porque o momento culminante da misteriosa parceira fora alcançado com o outro. Quando foi embora, sabia que iria voltar — como voltou — para descobrir quem era, para estar com ela de novo, porque não podia aceitar, para si mesmo, uma posição secundária.

Concluiu que aquela mulher — capaz de levar um homem como ele a tal extremo e a tal risco, que parecia conduzida enquanto dominava tudo — não precisava matar para obter o que quisesse.

Quando o homem que cuidava do cemitério dos Ingleses, limpando as campas e podando árvores, homem que era também uma espécie de capitão dos coveiros, subiu com sua cal e sua brocha, na primeira hora da manhã de sexta-feira, 27 de junho, para dar uma demão na parede externa da capela mortuária, percebeu com susto um urubu que em voo rasante descia perto do jamelão que ficava ao fundo do terreno.

Ainda sem atinar com o que pudesse ser, seguiu o bicho e não pôde acreditar: uma de suas pás estava apoiada num monte de terra, na área onde tinham cavado a grande vala dos marujos.

A fedentina, o rumor de asas batidas e de carnes esgarçadas o fizeram logo deduzir o que veria em instantes, na beira do buraco: alguns corpos parcialmente expostos, em avançado estágio de putrefação, servindo de repasto àquela confraria de carniceiros negros.

Imediatamente, tomou da pá e começou a repor a terra na cova, o que não espantava completamente as aves. Foi quando se deu conta de que aquilo poderia ser um caso de polícia; e decidiu informar os responsáveis.

Foi um grande constrangimento, para os administradores, que tanto relutaram contra os peritos, duas semanas atrás. Agora não havia dúvida: o cemitério tinha mesmo sido violado — exatamente no local que suscitara a suspeita, da primeira vez.

Revolver aquela matéria podre, novamente, e em tão pouco tempo, era imprescindível. Com uma máscara que mal detinha o odor, Sebastião Baeta, dessa vez, assistiu pessoalmente à inspeção, ao lado de um dos comissários do primeiro distrito.

Se dias antes o objetivo da perícia era descobrir o corpo da prostituta Fortunata — possivelmente assassinada e oculta, pelo assassino, naquela vala —, agora a principal questão era saber se houvera furto de cadáver pela pessoa que revolvera o túmulo.

Baeta lembrou de consultar os assentamentos do cemitério, para cotejá-los com o número de mortos enterrados na vala. A resposta trouxe ainda mais problemas: no dia 9 de junho, onze marinheiros baixaram à cova; e remanesciam exatos onze corpos sepultados, no dia 27.

O perito identificou ainda, em lugares próximos ao da ocorrência, restos de velas e um monte de cinzas, onde havia fragmentos de um lençol branco, que tinha sido incinerado na mesma fogueira. Era um elemento que incriminava Rufino, pois resíduos similares tinham sido encontrados na primeira ocorrência, e quase no mesmo lugar.

Infelizmente, o capitão dos coveiros, quando presenciou o ataque dos urubus, foi tomado pelo impulso de repor a terra na cova, antes de advertir a polícia, o que dificultava a análise das pegadas — dificuldade ainda agravada pela grande quantidade de pessoas que pisaram no local depois de descoberto o incidente.

Mesmo assim, Baeta conseguiu notar que pelo menos um indivíduo estivera por ali descalço e fora provavelmente quem abrira o túmulo. Esse pé descalço era, naturalmente, um outro indício contra o velho — que não perdera certos hábitos do cativeiro e nunca usava sapatos.

Das diligências procedidas nas vizinhanças, uma certa testemunha, mulher idosa e macumbeira, relatou que, pouco depois da Hora Grande (ou seja, meia-noite), ela, testemunha, foi arriar um despacho para Seu Caveira, na porteira da Calunga Pequena (ou seja, o cemitério), despacho esse que consistia de farofa, marafo, rapé e sete velas na cor preta.

Seu Caveira tinha ordenado que cantasse e que riscasse, ela, testemunha, vinte e um pontos de quimbanda (ou seja, linha de feitiçaria), sete vezes cada um. E que, caso visse, fechasse os olhos; caso escutasse, não respondesse.

Encarar um cemitério àquela hora, a Hora Grande, não é para qualquer um. Mas ela, testemunha, tinha fé nos catiços (ou seja, nas entidades), especialmente em Seu Caveira.

Então, quando acabou de traçar com a pemba, na porteira, o último ponto, devendo ser já quase duas horas, notou passos cada vez mais próximos. Sem deixar de cantar, embora quase sussurrando, baixou a cara, espremeu os olhos; e — quando ela, testemunha, chegou quase a sentir o hálito do Homem — ouviu a voz, que debochava:

— Boa noite, dona!

O depoimento, é claro, não foi tomado a termo. Mas Baeta insistiu num detalhe:

— A senhora consegue se lembrar, com segurança, se os passos desse homem eram de pessoa calçada com sapatos?

A testemunha não chegou a fazer muito esforço de memória para responder que sim. Todavia, esse depoimento — que poderia gerar alguma dúvida sobre a identidade do profanador — não impediu que, no primeiro distrito, o delegado, depois de receber um bilhete do comissário que acompanhava a perícia, já tivesse tomado a única providência cabível, na sua opinião: mandar prender o indivíduo que as circunstâncias implicavam.

Rufino foi detido, por três agentes, no mesmo dia, antes das onze horas, quando descia a ladeira de Santa Teresa, na esquina da rua do Riachuelo.

No distrito, o delegado ordenou a alguns homens que voltassem a Santa Teresa, para invadir e revistar a casa do suspeito.

— Não desenterrei nenhum defunto daquela vala.

A negativa, contudo, não convenceu o delegado.

— Esteve ou não, ontem à noite, no cemitério dos Ingleses, depois dos portões fechados?

Rufino não respondeu, alegando que seu ofício era secreto. Foi ofendido, ameaçado, chegou a ser agredido pelo segundo comissário, com violentos pontapés. Os agentes, no entanto, repeliram o agressor. Porque, no fundo, defendiam o velho, tal era o temor daquele poder.

— Não foi ele, chefe. Esse velho não mente.

O delegado duvidava que Rufino não mentisse, que nunca houvesse mentido — como se dizia — pela simples razão de considerar impossível seres humanos suportarem a carga absoluta da verdade. Mas desenvolveu um raciocínio muito lógico, partindo daquela premissa: se não mentia, se não podia mentir, o fato de ficar calado revelava, muito claramente, a confissão. Portanto, o velho feiticeiro tinha estado no cemitério dos Ingleses, na noite anterior, para prática do crime previsto no artigo 365.

Houve, contudo, protestos dos agentes; e um grande conciliábulo se estabeleceu, para impedir a lavratura do auto de prisão. O delegado respeitava os seus homens, seus irmãos do primeiro distrito. Não queria fazer nada sem que todos concordassem e tentava convencê-los de que havia alguma coisa grande acontecendo, na jurisdição da praça Mauá, de que estavam sendo excluídos pelo chefe de polícia.

Nesse instante, um vozeio interrompeu a conversa: os agentes que haviam sido incumbidos de invadir e revistar a casa do feiticeiro acabavam de chegar, trazendo um homem — detido enquanto tentava entrar no casebre, depois de chamar pelo velho.

— É a pessoa que me deu os brincos.

O primeiro registro da profanação de cemitérios, na história do Rio de Janeiro, está numa carta de 1551, endereçada por um jesuíta anônimo ao provincial em Lisboa — documento que Serafim Leite atribuiu ao padre Nóbrega.

A história é mais ou menos a seguinte: um grupo de tamoios, arrogantes e bem armados, partiu da aldeia de Uruçumirim para prear maracajás das tabas que ficavam em Paranapuã. Desembarcaram onde é hoje a praia da Ribeira, e logo divisaram o inimigo.

A luta foi encarniçada, mas os tamoios levavam certa vantagem, até que outros maracajás, vindos de todas as partes, começaram a rechaçar os agressores. Os tamoios, então, fugiram, carregando poucos prisioneiros. A cena é descrita num estilo muito vívido, em que sobressaem o zunido das flechadas e o baque surdo dos tacapes — prova do "furor com que os brasis arremetem aos seus contrários".

Mas o que mais impressionou o padre Nóbrega — se foi mesmo ele o autor da carta, pois me consta que estivesse, nessa altura, em Pernambuco — não foi a violência do combate, mas a ignomínia da vingança.

Cabe aqui uma breve digressão: os tupis, diversamente de outros povos — como portugueses, ciganos e etíopes — não aceitam que a morte se dê com a simples interrupção da vida. Com exceção dos grandes tuxauas — vingadores e canibais, como foi, por exemplo, Cunhambebe —, uma pessoa só morre se tiver o crânio fraturado. A partir desse momento, sua alma começa a empreender a tenebrosa aventura, pelos caminhos da morte, lutando contra os anhangas, os espíritos canibais, para superar a aniquilação absoluta e alcançar a eternidade, na terra-sem-mal.

Pois os maracajás (nos conta o padre Nóbrega), conhecendo ou intuindo que os tamoios voltariam ao sítio do confronto — para quebrar o crânio dos inimigos tombados na liça e garantir assim o acúmulo de nomes —, enterraram, em vez de seus próprios mortos, os outros tamoios que eles mesmos abateram, como se fossem maracajás.

Assim, as cabeças que os tamoios racharam, cinco anos depois, naquele mesmo lugar, eram as de seus próprios parentes.

Disseram mais tarde que foi esse fratricídio que os enfraqueceu, até serem definitivamente derrotados pelos temiminós de Arariboia (que são esses mesmos maracajás), na guerra que culminou com a fundação da cidade.

O Rio de Janeiro, assim, surgiu de um cemitério profanado. E essa tradição permaneceu. Em 1567, embora o marco da fundação tenha sido transferido da praia do Pão de Açúcar para o morro do Castelo, a modesta igrejinha de sapê e taipa, que ainda abrigava o sagrado ícone do Padroeiro, permaneceu na então cidade velha. E foi essa igrejinha que quase se arruinou, devido talvez a algum deslizamento de terra, durante as chuvas fortes de dezembro. Na obra de reconstrução, descobriram ter sido violado o túmulo de Estácio de Sá, que jazia com uma imensa cruz de ouro no peito.

A cruz, é claro, desapareceu. E, anos depois, em 1583, quando os restos mortais do fundador foram enfim transladados da primitiva igrejinha para o novo sítio da cidade, notaram o segundo ultraje: a cabeça de Estácio estava esfacelada — certamente vingança de algum tamoio derrotado em Uruçumirim, que abrira o túmulo não para roubar, mas para obter um nome a mais.

E a cidade seguiu sua sina. Nos anos seiscentos, pouco tempo depois da Revolta da Cachaça, surgiu uma seita de fanáticos que desenterravam escravos, por não reconhecerem seu direito à sepultura, espalhando os corpos em logradouros públicos, como afronta. Os principais ataques desses sacrílegos eram dirigidos ao cemitério criado pelos franciscanos e próprio para os cativos da ordem.

Já mencionei o obscuro caso do alquimista francês que veio na esquadra de du Clerc e provocou distúrbios semelhantes. Mas os grandes terrores se iniciam no século 19, quando começa a onda necrófila — cujo apogeu recai no período parnasiano. Foi talvez essa coincidência que deu campo às acusações contra o poeta Bilac. Seus detratores nunca o compreenderam; e fazem uma analogia que me parece um tanto cruel: a de que parnasianos e necrófilos se importam apenas com a forma, desprezando o conteúdo.

Datam também dessa época o comércio sistemático de cadáveres, furtados dos jazigos para serem vendidos às escolas de medicina e cirurgia. O caso mais interessante foi o do licenciado Paiva, amigo íntimo de Álvares de Azevedo, que dissecou, sem reconhecer, os despojos da própria irmã.

E são ainda novecentistas as primeiras aparições de mortos-vivos — ou cazumbis —, que nada têm a ver com o golém de Semeão de Arganil. Os verdadeiros cazumbis são defuntos ressuscitados, para serem escravos de seus criadores.

Alguns especialistas dizem serem oriundos dos reinos jejes do Daomé. Ninguém ignora o poder da magia jeje; mas tanto a mumificação quanto a ressurreição de cazumbis foram ciências da antiga Núbia, assimiladas pelo Egito faraônico e por várias sociedades secretas que começavam a florescer na região do lago Nyanza — particularmente os clãs ferreiros das tribos de língua banta.

Na tremenda marcha que empreenderam rumo ao sul, os bantos foram se espalhando. Embora muita coisa tenha se perdido nessa diáspora, certos povos se formaram em função desse conhecimento e dessas associações secretas. O exemplo mais notável é o dos caçanjes, de Angola.

Era essa a raça da feiticeira emparedada. Mas nem o delegado, nem o perito Baeta suspeitavam que Rufino também pertencesse a essa gente.

Desde que ordenara a soltura de Rufino, no dia 23, o chefe de polícia tinha determinado ao pessoal do sétimo distrito, em Santa Teresa, que mantivesse o velho em observação, comunicando a ele, chefe, qualquer movimento estranho, qualquer atitude que fugisse à rotina, sobejamente conhecida, do lendário feiticeiro. Não seria uma vigilância ostensiva: o intuito da medida era saber quem procurava ou era procurado por ele, e se passara a ir a algum lugar diferente dos seus pontos habituais.

Assim, na manhã do dia 27, logo que os agentes da praça Mauá prenderam o velho, na esquina da Riachuelo, o chefe de polícia foi informado da ocorrência, indo bater no gabinete do perito Baeta — que ficava no mesmo prédio da rua da Relação. Foi quando soube das sepulturas violadas e dos indícios um tanto vagos que embasaram a ordem de prisão.

Se não fosse enérgico, se não fosse arbitrário com o primeiro distrito, perderia o controle do caso. E resolveu a coisa com um telefonema, que surpreendeu o delegado no mesmo momento em que entrava em cena aquela nova personagem.

— Vou eu mesmo interrogar os dois. Pessoalmente. E aqui, na Relação.

E o depoimento de Aniceto — o homem detido quando tentava entrar na casa de Rufino — fecharia os caminhos da investigação e praticamente encerraria o inquérito, aumentando o mistério que cercava o crime da Casa das Trocas.

Aniceto tinha nascido no morro de Santo Antônio e vivido entre Gamboa, Saúde, o morro do Pinto e a Pedra do Sal: a mãe, solteira, antes de a criança completar dez dias, a entregou a uma comadre, indo se encafuar, em seguida, pelos confins de Bangu. O menino era Aniceto Conceição — e não havia apenas essa coincidência de nomes com a meretriz Fortunata: Baeta, que assistia ao inquérito ao lado do chefe, reconheceu no homem muitos traços da fisionomia da mulher.

— É minha irmã, patrão. Minha gêmea. Ela foi com a minha mãe. E eu fiquei.

Uma história comum, aquela. Aniceto chegou a ser auxiliar de tipógrafo, na própria firma do pai, que o amparou, embora sem reconhecê-lo. Mas o pai morreu e os irmãos o expulsaram. Sua vida, depois, foi toda na zona do cais, em pequenos biscates. Nunca mais vira a mãe; e há muito pouco reencontrara a irmã.

Não era fichado na polícia, mas os agentes que o levaram à Relação não esqueceram de informar ser Aniceto bastante conhecido nas rodas de pernada, círculo de onde andava até sumido.

— Estive pela banda das Alagoas, meu patrão. Cheguei tem coisa de um mês.

O capoeira confirmou as palavras de Rufino: os brincos em forma de cavalo-marinho foram dados como pagamento de um serviço. E antes, realmente, tinham pertencido à irmã. É óbvio que tal declaração, se não lançava diretamente a suspeita contra o próprio declarante, exigia muitas explicações. O perito quis conhecer melhor a relação entre os gêmeos — já que a existência de Aniceto era completamente ignorada, na Casa das Trocas e da mestra de costuras.

E Aniceto contou a história toda: entre os dias 3 de junho (o da sua chegada) e 13 (quando Fortunata desapareceu) ficou hospedado no quarto dela, que lhe tinha até oferecido as chaves do sobrado. Passava o dia no quarto, trancado (porque a dona da casa não podia desconfiar da sua presença), e saía à noite, tarde, para esticar as pernas e se distrair, voltando sempre antes de amanhecer.

Fortunata tinha prometido ajudá-lo a conseguir alguma colocação, através de fregueses influentes. Nesse ponto, de forma muito sugestiva — e que não deixava de ser uma velada ameaça —, o capoeira demonstrou não ser segredo, para ele, a vida oculta da irmã.

— Sei onde ela trabalhava, patrão. Sei muito bem o que ela fazia lá.

Até que, no dia 13, por volta das sete horas, Fortunata entrou no quarto, desesperada, para pegar dinheiro e outros objetos, dizendo que precisava sumir imediatamente. Sem mais justificativas, deu a ele algumas de suas joias e escreveu um bilhete para ser entregue à dona Brigitte — vontade que ele ainda relutava em cumprir, pois o apressado manuscrito tinha uma confissão.

— Mas não rasguei o papel. Deve estar com as coisas que ela me deu.

Aniceto abandonou o sobrado pouco depois da irmã; e — como acalentasse há muito o desejo de se submeter a um feitiço do velho Rufino, foi logo procurá-lo, dando os brincos como pagamento.

Intimada a depor, a mestra de costuras, dona do sobrado, foi taxativa:

— Nunca vi esse malandro.

Mas Aniceto podia provar. Primeiro, descreveu a casa com todos os detalhes: a cadeira de balanço, a mesa de peroba, a estatueta de São Jorge, de frente para a porta, o nicho com um Santo Antônio, no quarto, e o nicho do corredor, com São Francisco de Assis. Falou também do vaso de flores com seu horrível laço de fita amarela e do trinchante enferrujado. E mais: mostrou dominar os hábitos da senhoria, que se recolhia cedo e acordava com o sol. Sabia o nome de duas ou três alunas e que o almoço de domingo era galinha com quiabo.

A mestra de costuras — que não costumava incomodar a enfermeira e não tinha cópia da chave do quarto alugado — não teve o que contestar. Aniceto aproveitou a oportunidade para devolver as chaves. E ela saiu, pálida, trêmula, maldizendo a perfídia e o mau caráter da antiga inquilina.

O capoeira tinha acabado de se mudar para uma casa de cômodos, perto da praça da Harmonia. E foi até lá, buscar a prova, acompanhado pelos guardas. Havia mesmo o bilhete, com o seguinte texto: "Fiz uma bobagem. Não foi por querer. Perdão. E obrigada por tudo que a senhora ensinou." E assinado, em destaque: "Fortunata". Abaixo, como se fosse um *post scriptum*, a meretriz ainda pedia pela alma do secretário, citando o finado pelo nome.

Mais tarde, as testemunhas da Casa das Trocas reconheceram como tendo pertencido à prostituta todas as joias encontradas com Aniceto. Baeta também pôde atestar a autenticidade da assinatura no bilhete, pelo confronto com os relatórios forjados que o doutor Zmuda, por precaução, pedia regularmente às enfermeiras.

O perito também perguntou se o capoeira não seria capaz de apontar, entre os seus conhecidos, alguém que também tivesse alguma intimidade com Fortunata.

— Nunca falei dela, meu patrão. Ninguém conta que tem uma irmã no meretrício.

Num daqueles velhos botequins do largo de Santa Rita, mais precisamente na esquina do antigo beco dos Cachorros, num ambiente escuro e cheio de fumaça, e onde as vozes não passavam de sussurros, enquanto chupavam seus cigarros e bebiam parati, depois de um dia extenuante de serviço, a irmandade do primeiro distrito discutia o caso do cemitério dos Ingleses.

Naquele momento, o primeiro comissário, que assistira às inspeções da cova supostamente violada, lamentava um erro fatal da investigação, que — segundo ele — poderia ter comprometido definitivamente o inquérito.

— Da primeira vez, não contamos os corpos. Só verificamos se eram corpos de homens.

Era essa a tese: a polícia partira de um pressuposto falso — o de que Rufino matara a prostituta e escondera o corpo na vala comum. Após o trabalho da perícia, como nenhuma mulher fora exumada, concluíram não ter havido crime. Todavia, para ele, comissário, o enredo era outro: o velho abrira o túmulo, furtara um cadáver, para dele se servir em algum feitiço abominável, e pelo qual recebera o par de brincos de ouro. E depois, antes do dia 23, o devolvera à sepultura. Por isso, na segunda inspeção, a quantidade de mortos conferia com os assentamentos.

— E por que você mesmo não solicitou a contagem?

Simplesmente não lhe ocorrera essa possibilidade. E talvez o ambiente sinistro, o medo de contrair a peste, o nojo que era ver aqueles corpos amontoados na cova tenham estimulado a urgência com que todos trataram o problema.

— E onde entra a tal Fortunata?

Não entrava: para ele, comissário, tal especulação era incabível. Rufino tinha que ser preso por ser um violador contumaz de sepulturas. E lembrou a comoção pública dos casos recentes de furto de cadáveres, nunca elucidados, em que se suspeitou da ação de necrófilos dentro do próprio necrotério da polícia.

— Era a hora de acabar com esse bandido!

Os agentes, contudo, acreditavam no velho. Policiais honestos, quase todos. Mas de uma honestidade exagerada, que os aproximava do misticismo. Pesava ainda o fato de terem vindo, a maioria deles, do mesmo ambiente, do meio daqueles mesmos criminosos que costumavam prender. Muitos consultavam alufás e mães de santo, eram raspados, catulados, iam na jira dos catiços, acendiam velas na segunda-feira. Tinham sido criados na intimidade dos capoeiras, vendo rodas de batuque e de pernada. Adquiriram naturalmente o vício do jogo; e não apenas apostavam no bicho, como entravam em bancas pesadas de carteado ilegal. Intelectualmente, eram malandros também.

— Não foi ele, comissário. Esse velho não mente.

O argumento era simples e muito racional: nos interrogatórios, ou Rufino dava declarações comprometedoras e arriscadas (por exemplo, revelando que o capoeira que lhe dera os brincos voltaria à sua casa) ou ficava absolutamente calado.

E ficava calado quando era natural, quando seria menos suspeito responder com evasivas. Por exemplo, em perguntas como "Você conhece a prostituta Fortunata?", o feiticeiro simplesmente não dissera nada, quando teria sido muito mais fácil dizer "Não conheço". Com isso, ficava claro que o velho admitia, tacitamente, ter conhecido Fortunata — mulher procurada pela polícia cuja proximidade só poderia lhe trazer complicações. Deixar de responder "Não conheço" tinha sido, assim, uma tolice.

Eles, policiais, que lidavam há anos com malandros de todas as espécies, sabiam como era o procedimento costumeiro daquela gente. Se Rufino não disse nada, era porque não dizia — não podia dizer — mentiras.

O delegado, por sua vez, discordava de todos. Sujeito truculento e idealista, podia se orgulhar de nunca ter detido um inocente, de nunca ter deixado de provar uma suspeita. Para ele, Rufino tinha algo a ver com Fortunata e estava sendo protegido pelo chefe de polícia. E o argumento principal eram os brincos de ouro, que pertenceram à mulher e foram achados com o velho.

— Pensem. Meditem. Em menos de seis horas, uma mulher que estava em fuga entrega a um certo homem um par de brincos de ouro, que logo depois vai parar nas mãos de um feiticeiro. Não faz sentido, queiram desculpar.

Aqueles homens, acostumados ao raciocínio policial, não conseguiam rebatê-lo, no plano lógico. O delegado sentiu que estava perto de dominá-los. E aprofundou o argumento. Para ele, pouco interessava a natureza do crime cometido por Fortunata. Pouco importava se Rufino fizera ou não trabalhos de magia no cemitério dos Ingleses. Queria saber qual o interesse do comando da polícia naquele velho e naquela mulher. Insistia nesse ponto, que era coisa grande — de que todos eles, de que a irmandade da praça Mauá estava sendo alijada.

O delegado lembrou que, no dia 13, Rufino fora surpreendido no cemitério dos Ingleses com os brincos de ouro; e que entre 26 e 27 também estivera lá (pois a perícia identificara marcas de pés descalços, que improvavelmente seriam de outra pessoa). Se Rufino recebera, pelo primeiro serviço — o de Aniceto —, um par de brincos de ouro, deve ter merecido, nessa última ocasião, algum valor equivalente.

Ora, esse velho devia entrar e sair de cemitérios a todo instante: duas vezes por mês (era a média que acabavam de apurar), porque todos sabiam que cemitérios não eram lugares guardados por ninguém. Portanto, se tinha mesmo mais de cem anos, como diziam (como eles próprios, os seus agentes, diziam), já teria acumulado fortunas em peças de ouro — ou em pedras, prata e mesmo dinheiro — cujo valor seria incomensurável.

Isso dava muita verossimilhança (aí, sim) a uma das lendas que corriam sobre ele; a única história que, infortunadamente, seus próprios homens pareciam desprezar:

a de Rufino ser dono de um magnífico tesouro, enterrado na cidade do Rio de Janeiro.

Então, de repente, aconteceu o fenômeno. E tudo passou a fazer sentido. Porque esse é o dom, a virtude dos tesouros, que há centenas de séculos impulsionam a história humana.

Não estavam em jogo a honra ou a probidade; não era um dilema concernente a conceitos morais. Ninguém queria e nem pensava em roubar. Policiais do primeiro distrito recusariam sempre qualquer espécie de suborno. Nunca cometeriam um crime por dinheiro.

Mas eram homens, também. E nenhum deles — nenhum de nós — resiste, milenarmente, à fascinação da caça.

E o diálogo avançou, e os polícias continuaram lá, bebendo e fumando, completamente enfeitiçados com aquela miragem, com aquela possibilidade concreta, com a existência material do legendário tesouro — de que vagamente ouviram falar, em que talvez até acreditassem, mas de que nunca imaginaram pudessem estar tão próximos.

Não há fé, não há verdade que tenha tanta força para mover pessoas. Sobretudo no Rio de Janeiro. Então, passando já da meia-noite, o próprio Mixila deu um murro no mármore encardido da mesinha:

— Miserável, aquele velho!

O primeiro tesouro que desapareceu no Rio de Janeiro não foi provavelmente escondido em terra, mas afundou no mar, quase na boca da barra, com um galeão espanhol de mais de trezentos tonéis. Consta que essa nau voltava de uma expedição ao rio da Prata, talvez carregada de ouro inca, e teria sido arrastada — durante formidável tempestade —, estourando o bojo contra enormes pedras que poderiam ser as ilhas Cagarras.

Alguns sobreviventes — que escaparam em tábuas ou tinham antes se lançado ao mar em botes — foram recolhidos dias depois, por uma embarcação da mesma flotilha que perdera a rota temporariamente, fugindo assim da tormenta fatal.

Tudo isso são histórias marinheiras, que têm muito pouco aval em documentos. Mas, se é certo o incidente do naufrágio, se é razoável acreditar no ouro inca, não faz sentido imaginar que um daqueles sobreviventes tenha conseguido lutar contra os vagalhões em cima de um pedaço de pau enquanto se agarrava a um baú com dezenas de arrobas de metal precioso, para ocultá-lo em terra firme.

Assim são as lendas sobre tesouros perdidos, as que melhor resumem a essência da humanidade. E foi essa lenda — a do tesouro do galeão espanhol — que trouxe os primeiros piratas à Guanabara; e que fez, tempos depois, em 1531, Martim Afonso de Souza fundear na banda ocidental da baía, em frente à foz do rio Carioca, para erguer uma casa-forte e organizar expedições frustradas, em busca desse mesmo ouro.

Essa circunstância — a de o tesouro do galeão nunca ter sido descoberto; o fato de os tesouros em geral nunca serem descobertos — é, para esses caçadores, a maior prova da sua materialidade. Não é outro o fundamento da fama do talvez maior tesouro da história carioca — o dos jesuítas, desaparecido desde a expulsão da Companhia, em 1759.

Sobre a existência concreta do tesouro, há poucas dúvidas. Do que não se tem certeza é que estivesse oculto nos subterrâneos do Colégio, no morro do Castelo. Quando esse prédio foi, enfim, evacuado, depois de longa resistência dos padres, dos escravos e de muitos estudantes, bandos de soldados, a que se somavam gentes de todas as classes, vasculharam o edifício, sondando todas as suas entranhas, sem nada encontrar.

Foi quando começaram a falar numa passagem secreta ligando o Colégio à Ponta do Calabouço. Informantes da Companhia teriam alertado a tempo os padres no Brasil, que embarcaram preventivamente sua imensa fortuna em bergantins clandestinos, cujo paradeiro hoje é impossível adivinhar. Essa história — convenhamos — é quase literatura fantástica: nenhum navio, naquele tempo, cruzaria sem ser visto a barra da inexpugnável baía — só vencida uma vez em toda a sua história.

Assim, creio não ser verdadeira a tese da evasão. O tesouro dos jesuítas ficou no Rio de Janeiro — até porque continuou sendo avidamente procurado, em todas as obras da cidade que implicassem escavações; e particularmente durante o desmonte do morro do Castelo, já no século 20.

Não estranha que uma segunda versão da lenda (totalmente imaginária) associe o tesouro dos jesuítas às supostas inscrições fenícias da Pedra da Gávea, que mencionam um príncipe de Tiro (fraudulentamente, na minha opinião). Aquela imensa coleção de preciosidades teria inicialmente pertencido aos templários e, antes disso, ao rei Salomão, descobridor das minas do país de Ofir.

E os jesuítas teriam sido os primeiros a identificar, por sua erudição, o túmulo carioca do príncipe asiático, pioneiro da rota atlântica da Guanabara — depositando depois, em local que permanece obscuro, o tesouro encontrado ao lado do sarcófago.

É interessante notar um detalhe nessa história: mesmo presos, deportados e torturados, como foram os padres da Companhia, nenhum deles revelou o esconderijo do tesouro. Essa é uma outra característica dos grandes detentores de riquezas enterradas: a lealdade ao silêncio.

Foi o caso de um tesouro de esmeraldas, trazido ao Rio de Janeiro antes do caminho aberto por Garcia Rodrigues Paes — prova de que os cariocas entraram na briga pelas minas na mesma época que os terríveis paulistas.

Corriam desde antes da fundação da cidade notícias sobre a existência das pedras verdes no sertão. A entrada de Martim de Góis, que partiu em 1695, subindo o Inhomirim e atingindo o curso do Piabanha, não tinha outra intenção que essas famosas pedras. Talvez tenha alcançado as cabeceiras do Tocantins. Martim de Góis, contudo, não voltou. Foi morto, com outros companheiros, por uma facção de rebeldes, comandados pelo mameluco Nuno Esteves.

Chegaram ao Rio de Janeiro os homens comandados pelo mameluco, trazendo corpos de diversos índios, enrolados em redes, todos com a cabeça esfacelada.

A história de Nuno Esteves era difícil de crer: que surpreenderam, ao passarem por uma aldeia indígena nas margens do Iguaçu, a três dias de marcha da cidade, um gentio selvagem pronto para moquear aqueles mortos, que tinham acabado de sacrificar, à sua moda.

Esses, os mortos, deviam ser da nação dos jacutingas, já catequizados, pois havia até uma cruz na aldeia. Nuno Esteves e seus sequazes conseguiram afugentar os canibais, resgatando os corpos dos jacutingas para um enterro piedoso.

Apesar do incômodo produzido pelo odor, o mameluco fez questão de velar os indígenas, dizendo ser um juramento seu. Foi esse estranho devotamento que alertou as pessoas.

E no dia seguinte descobriram que, além dos crânios partidos, os corpos estavam rasgados, da base do pescoço à altura da bexiga, e tinham as entranhas totalmente vazias.

Teria conseguido justificar tudo: iam ser devorados pelos outros selvagens, as vísceras já haviam sido removidas. Todavia, alguém lembrou que as vítimas não estavam pintadas convenientemente, consoante a tradição. Era a prova da fraude. Tanto que, ao manipularem os cadáveres, uma esmeralda escorregou da garganta de uma delas.

Os homens da expedição chegaram a sofrer torturas, mas nunca revelaram onde esconderam as pedras. O mameluco Nuno Esteves também nunca admitiu o assassinato de Martim de Góis e dos que lhe foram fiéis.

Morreram todos na forca, dignamente, pouco tempo depois.

Mas — e o que dizer dos tesouros que, sabendo onde foram enterrados, não se consegue encontrar? Foi o caso do célebre Manuel Henriques, o Mão de Luva — fidalgo e bandoleiro que assolou estradas e caminhos do ouro, roubando pesadas arrobas do metal, garimpadas nas Gerais, que desciam, como a lei determinava, para a cidade de São Sebastião.

A história do fidalgo é interessante: apaixonado pela rainha dona Maria, a Louca, foi uma única vez admitido ao beija-mão da alteza real, quando conseguiu tocar a ponta dos dedos dela. Desde esse dia, como penhor dessa paixão, vestiu a luva que nunca mais descalçou.

Dizem que dona Maria começou a perder a razão a partir desse episódio; e que isso irritou a corte, tendo Mão de Luva sofrido perseguições. O fato é que a desventura amorosa, se não enlouqueceu a rainha, levou o amante ao consolo do crime.

Manuel Henriques foi o terror do norte fluminense e do sul de Minas, nas últimas décadas do século 18. Enriqueceu, como um rei. Mas não obteve a mulher da sua vida.

Seu tesouro está no interior de uma caverna — perdida nos confins de Vargem Pequena, no limite da freguesia de Guaratiba, num local aparentemente impenetrável, chamado Cova de Macacu, na serra da Grota Funda. Eu mesmo estive lá, quando morei no Recreio, batendo aquelas matas. Contam que os escravos carregadores, únicas testemunhas do esconderijo, foram assassinados depois de enterrarem a carga.

O caso mais extraordinário dos tesouros cariocas, no entanto, é o do rei da Costa do Marfim — ou de Chica da Silva. O tema aqui é o valor relativo, subjetivo, do tesouro: não a impenetrabilidade do segredo que o cerca.

O rei da Costa do Marfim foi, na verdade, um príncipe do poderoso império Axanti, que veio ao Brasil incrementar o comércio de escravos, ancorando no Rio de Janeiro. Aqui, enalteceu a beleza das mulheres e quis, muito naturalmente, conhecer a rainha da terra.

Por coincidência, Chica da Silva acabava de chegar do Arraial do Tijuco, para ver, pela primeira vez, o mar. E foi apresentada à embaixada axanti como soberana do Brasil — o que não era, exatamente, uma mentira.

Parece que o contratador João Fernandes de Oliveira, marido de Chica, dormiu bem, durante a noite em que passaram a bordo, na galera do príncipe. E, no banquete de despedida, oferecido pelo negreiro Manuel Coutinho, Chica da Silva recebeu imensa dádiva em ouro africano, além de pedrarias e ricas peças entalhadas em marfim, que maravilharam os convivas.

Esse tesouro, no entanto, nunca chegou ao Castelo da Palha, no Tijuco: quando João Fernandes mandou abrir os baús, encontraram só areia e conchas. O contratador fez alarde, intimou escravos, ameaçou matar. Chica da Silva não fez caso: para quem nunca mais veria a imensidão do mar, não era troca tão desfavorável.

Quando o perito Baeta deixou a Casa das Trocas, às cinco da tarde do dia 18 de junho, quarta-feira, tinha concluído a série de entrevistas formais — com o médico, as enfermeiras e a administradora da casa — pensando com isso ter reunido todas as informações disponíveis sobre Fortunata, até a sigilosa lista de seus principais fregueses, obtida a muito custo, que certamente interessaria ao chefe de polícia, pois incluía algumas personalidades políticas e militares.

Isso era o que o perito pensava. Mas dona Brigitte, evidentemente, não disse tudo. Omitira aquele dado essencial — de que surpreendera uma contradição, uma mentira, na verdade, da enfermeira Cássia, a veterana que indicara Fortunata e insistira tanto para que fosse admitida.

Fortunata e Cássia teriam sido vizinhas, seriam filhas de duas comadres e teriam crescido juntas, como amigas de infância. Dona Brigitte notou que as duas não demonstravam tanto afeto recíproco, tanta intimidade; mas não ficou pensando naquilo, atribuiu o comportamento a alguma espécie de pudor — até porque Fortunata era reservada demais, com todas elas.

Só que veio o casamento de Cássia, pedida por um antigo freguês — três semanas depois de a amiga de infância ter chegado à casa. O fato excitou a imaginação das meninas, que ficaram muito magoadas com a proibição de comparecerem à cerimônia. Nem Fortunata pôde ir — o que dona Brigitte não deixou de reparar.

Mas ela, dona Brigitte, foi. E no momento em que cumprimentava os noivos, depois de conhecer a mãe de Cássia, perguntou a ela pela comadre e mencionou, discretamente, Fortunata. A expressão de desinteligência disse tudo: a história das comadres era falsa. E a capixaba, apesar de incomodada, deixou a coisa passar, considerou que a mentira fora bem-intencionada e que não valia a pena estimular desentendimentos com uma enfermeira já bem instalada na casa e que revelava tão boa índole.

Dona Brigitte até se arrependeu, por ter confessado ao perito que o processo de admissão de Fortunata tinha fugido ao padrão. Raras foram as vezes — ou talvez tivesse sido a única vez — em que tal leviandade acontecera: uma enfermeira ser aceita sem demanda prévia, sem requisição. Dona Brigitte, por isso, se sentia responsável pelo assassinato do secretário. Miroslav Zmuda, naturalmente, ignorava essa culpa; e não fez perguntas quando a viu, logo depois da saída do perito, escrevendo uma carta cujo teor não se interessou em conhecer.

Dona Brigitte, na verdade, não era apenas a senhora que administrava as meninas. Conhecera o médico na antiga clínica da Glória, pouco antes da sentença que transferiu a ele a propriedade da casa da marquesa de Santos. Dona Brigitte era ainda uma capixabinha, moradora numa pensão de atrizes, na rua da Lapa, e ainda não tinha adotado a alcunha francesa.

Quando se despiu e se expôs, deitada, diante do médico, sentiu que não resistiria; e acabou se traindo, com sutis contrações dos glúteos. O doutor Zmuda, experiente naqueles manuseios, percebeu a oferta. E, sem deixar de examiná-la, a satisfez, no ponto exato.

E Miroslav Zmuda visitou a rua da Lapa, ficou freguês, fez dela teúda e manteúda, e a tirou da vida, depois de enviuvar. Quando tomou posse da Casa, dona Brigitte — já com esse nome — era sua doce concubina.

A Casa da Marquesa foi um achado, para os dois. Desde que fora morar na pensão, o sonho daquela humilde capixaba era ser também francesa e dona de prostíbulo. Não pelo dinheiro, apenas: a futura Brigitte era fascinada pela intimidade alheia, adorava conhecer as pequenas perversões que formavam as personalidades. Acreditava que era possível até prever o comportamento das pessoas em função do caráter sexual.

Miroslav Zmuda, por sua vez, foi o que hoje chamaríamos ginecologista ou obstetra: fazia abortos, esterilizava, tratava enfermidades venéreas. Embora não tenha sido um erotólogo, na acepção clássica do termo, tinha especial interesse pela fisiologia do coito. E foi um dos primeiros cientistas ocidentais a estudar o fenômeno da atração sexual. Tendo nascido em Cracóvia, preferiu, naturalmente, o Rio de Janeiro.

E assim surgiu a Casa das Trocas — de que dona Brigitte foi a principal mentora. A arquitetura do prédio se prestava perfeitamente aos seus propósitos: à esquerda da imponente entrada principal, havia uma cancela para os carros, que iam por um caminho muito arborizado, com grandes gameleiras e palmeiras imperiais, até os fundos, onde duas escadas de ferro, curvas como arcos de elipse, levavam diretamente ao segundo andar. Eram tantas árvores, entre essas escadas e o pequeno lago que ornamentava o jardim, que o visitante que ali descesse não seria visto por ninguém, de fora da Casa.

Dona Brigitte quis fundar uma instituição secreta, que só fosse conhecida dos que dela se servissem. Assim, não se limitou a copiar suas congêneres, que funcionavam quase que de portas abertas: idealizou um espaço livre e fechado, onde mulheres e homens pudessem dar vazão às vontades mais abstrusas, estando imunes à censura social.

Por isso, ali, a regra básica era a discrição. Os fregueses mais comuns, por exemplo, homens que buscavam prostitutas, não sabiam que rapazes também estavam disponíveis — a não ser que os solicitassem. Os encontros grupais também eram promovidos em segredo; e as enfermeiras que não eram convidadas sequer suspeitavam de sua existência.

Todas as idiossincrasias eram mantidas em sigilo estrito e só os envolvidos participavam delas. Desejos arriscados podiam ser atendidos por dona Brigitte, mas era necessário dispensar o pessoal e suspender todas as atividades — o que exigia altíssimas compensações financeiras, como no caso da senhora que quis estar com quatro homens (e dona Brigitte exigiu que ela só se apresentasse mascarada); ou no do senhor que apreciava maltratar efebos (geralmente marujinhos estrangeiros, recrutados no cais).

E dona Brigitte treinava aquelas meninas, desenvolvia nelas a habilidade de descobrirem ímpetos inconfessáveis e propor aos fregueses as aventuras mais exóticas. Logo, o sucesso da Casa das Trocas dependia da seleção das enfermeiras, a que dona Brigitte dava especial importância. Queria apenas mulheres de talento, e de passado idôneo. Falhara, portanto, na avaliação desse segundo aspecto, no caso de Fortunata.

Depois da visita do perito, embora fosse tarde, a capixaba quis tirar algumas coisas a limpo, ainda que fosse dizer apenas alguns desaforos. Por isso, mandou a carta, endereçada a uma chácara distante, no bairro do Encantado.

A carta chegou ao seu destino, mas foi de lá para um outro endereço, na Europa. Ficou lá alguns meses, até que a destinatária voltasse de suas viagens de verão. Quando a resposta chegou — e isso aconteceu em fins de setembro, bem depois do ponto em que a narrativa está agora — dona Brigitte teve uma grande surpresa e uma decepção ainda maior.

Na verdade, a veterana não era amiga de Fortunata. A veterana nem conhecia Fortunata. Queria só deixar aquela vida; e procurou um mandingueiro para amarrar o coração do juiz, que era um homem bom e velho freguês. O feiticeiro Rufino exigiu um anel de brilhantes; e a colocação de uma pessoa dele — a prostituta Fortunata — na Casa das Trocas.

O leitor minimamente experiente sabe que, nos relatos policiais, e naqueles que envolvem enigmas em geral — pelo menos quando é honesta a relação entre narrador e seu público —, há sempre um ponto em que os dados suficientes para a solução do problema já estão disponíveis.

Quando o leitor intui ter alcançado esse ponto, fica compelido a antecipar o fim, adivinhando a jogada narrativa que dá coerência à trama — normalmente revelada apenas nas últimas páginas. Nisso está a graça do jogo literário.

É precisamente esse o momento em que se encontra a nossa história: embora alguns fatos permaneçam ocultos, todas as pistas já foram fornecidas, algumas diretamente, outras de maneira simbólica. Todavia, para o perito

Baeta, acredito ser ainda impossível desvendar o crime da Casa das Trocas.

E foi essa a conclusão da própria personagem, no relatório confidencial que firmou para o chefe de polícia, no começo de julho.

No dia 13 de junho de 1913, por volta das quatro horas da tarde, o secretário da presidência da república chegou à Casa das Trocas e foi recebido pela prostituta Fortunata. Minutos depois de terem entrado no quarto, Fortunata desceu para apanhar duas taças e uma garrafa de vinho tinto, na adega improvisada pelo doutor Zmuda, embaixo da grande escadaria, onde a lenda diz haver uma passagem secreta construída por dom Pedro Primeiro.

Há ênfase nesse dado: enfermeiras da casa viram a prostituta passar, segurando a garrafa e as taças. Logo, são dela as marcas digitais encontradas nesses objetos, que diferem das do próprio secretário.

Em torno das seis, Fortunata passou pelo salão oval superior, onde ficavam as colegas, demonstrando pressa e reagindo com rispidez incomum a uma gentileza, antes de sair, pela porta da frente. Estava num vestido de tafetá azul e levava nas orelhas o par de brincos de ouro, em forma de cavalo-marinho.

Pouco antes das oito, após considerarem exagerado o tempo de permanência do secretário no quarto, dona

Brigitte pediu que fossem acordar o cliente ilustre — que foi achado morto, fortemente preso à cama por amarras e ainda com fundas impressões de dedos no pescoço. O laudo confirmou a asfixia como *causa mortis*, não havendo indícios de latrocínio.

Segundo informação do capoeira Aniceto, irmão da prostituta (fato que se provava naturalmente, mesmo sem exame de documentos, dada a extrema semelhança de fisionomias), Fortunata passou no sobrado, onde alugava um quarto, com muita pressa, dizendo ter feito uma bobagem e que precisava fugir.

Deixou uma carta endereçada à administradora da Casa, dona Brigitte, que ainda não fora entregue. A irmã ainda legou ao capoeira dinheiro e joias, inclusive os famosos brincos. Testemunhas reconheceram que as outras peças tinham pertencido, de fato, à meretriz.

Pelos cálculos da perícia, Fortunata teria chegado ao morro da Conceição entre seis e meia e vinte para as sete — depois, portanto, de escurecer. A dona do prédio não viu a prostituta entrar ou sair, embora não se lembre se estava ou não recolhida nessa altura. Ignorava a verdadeira profissão da inquilina (ignorância em que foi mantida) e também nunca percebeu que um homem frequentasse seus aposentos. Todavia, admitiu que Aniceto conhecia perfeitamente a casa.

A versão do capoeira ainda ficava provada pela autenticidade da caligrafia e da assinatura de Fortunata, na carta à dona Brigitte — comparação feita com a de relatórios de enfermagem exigidos pelo polonês.

A revista da polícia, no sobrado, ocorreu por volta das nove e meia. Aniceto saíra antes, pouco depois da irmã, em torno das oito, e foi imediatamente à casa do feiticeiro Rufino. Com os brincos, pagou certo serviço; e Rufino foi surpreendido, depois da meia-noite, no cemitério dos Ingleses, com os referidos brincos e outros objetos que declarou empregar em suas atividades — dando completa verossimilhança à história e ratificando o depoimento do capoeira.

Baeta destacava que o velho, embora se calasse algumas vezes, fora sempre muito firme em suas declarações, tendo até anunciado que Aniceto iria à sua casa, fato que se confirmou.

A hipótese de terem assassinado Fortunata, para roubá-la, fica prejudicada, a não ser que seja achado o corpo. Se esse corpo existe, não está no cemitério dos Ingleses. Porque a perícia efetuada no dia 23 de junho não identificou evidências de túmulos violados; e na vala comum, aberta no dia 9 desse mesmo mês — e que por isso tinha sinais recentes de terra revolvida —, só se encontravam cadáveres masculinos.

Não foi possível estabelecer uma conexão entre o crime em tela e o fato de, no dia 27, terem sido observados indícios claros de violação dessa mesma vala comum, embora nenhum corpo houvesse sido furtado. Impressões de pés ainda frescas indicavam que um homem descalço esteve no local.

Dado que uma testemunha declarou ter ouvido passar um homem calçado, perto das duas da manhã do dia 27, pela porta do mesmo cemitério, nada se pôde concluir. A única conjectura possível é tratar-se de mais um cliente do velho Rufino ou de outro feiticeiro, que acabava de participar de mais um rito de magia. Os resíduos de material incinerado nada esclareciam, mas se ligavam muito provavelmente àqueles rituais.

O relatório termina sugerindo que fossem investigados os fregueses mais importantes de Fortunata (cuja lista anexava). A tese do perito era de que o crime tinha alguma motivação política, tendo Fortunata sido sua mera executora — e os próprios mandantes devem ter colaborado para sua fuga.

A hipótese de morte acidental, por um excesso ocorrido na dramatização da tortura a que o secretário costumava se submeter, ficava um tanto enfraquecida, porque a assassina empregara grande força — aliás, incomum numa mulher.

O crime da Casa das Trocas certamente não foi único, na sua natureza.

Como a tese defendida neste livro — a de que a história das cidades é a história de seus crimes — não pode ser provada com a apresentação de um só caso policial, decidi mesclar à narrativa maior alguns relatos que, num certo sentido, a prefiguram. São os que chamei "crimes antecedentes". Começo por um que talvez tivesse o título de *A origem da tragédia*.

Na zona costeira da freguesia da Gávea, na também chamada Praia Grande do Arpoador, numa área alagadiça, retalhada por sangas e mangais, entre a barra da laguna e o rochedo Dois Irmãos, mais para o lado do arruado do Pau, e abaixo dele, ficava, pelos idos de 1800, uma aldeola de caiçaras — marisqueiros e pescadores que habitavam meia centena de choupanas rústicas, desde a instalação da fábrica de pólvora nas velhas terras de Rodrigo de Freitas.

Viviam meio isolados, meio perdidos no tempo, num regime estritamente endogâmico, há quase três séculos; e, embora mantivessem relações regulares com a gente da cidade, no escambo de peixe por quinquilharias, embora já quase não falassem sua antiga algaravia, preservavam costumes um tanto exóticos, muitas vezes colidentes com as leis do Império.

Dois deles interessam, particularmente: o de só darem sepultura aos que morressem velhos, de morte natural (porque ingeriam a carne, o sangue e as cinzas dos que fossem vítimas de qualquer espécie de acidente); e o de submeterem as mulheres ao controle de uma casta particular de homens: os caçadores de tubarão. Dizer "caçadores" não é impropriedade, porque esses bichos eram pegos à unha.

Tal proeza era impressionante: o caiçara que realmente cobiçasse uma mulher deveria tomar um pedaço de pau, com pontas rijas e afiadíssimas, e se lançar a nado, completamente nu, para esperar o ataque. Poderia levar alguma isca (por exemplo, uma preá ou um filhote de paca), para sangrá-la quando já estivesse em alto-mar.

Quando a fera investisse e arreganhasse a mandíbula, o caiçara introduziria o pau pontiagudo, perpendicularmente, na boca mortal, travando a dentada e fisgando a presa.

A partir de então, esse caiçara tinha direito à mulher que desejasse, se estivesse disponível. Para uma moça assim escolhida, essa era a dignidade máxima. Homens que não tivessem enfrentado a prova só recebiam esposas se o pai, um tio ou um irmão caçador fossem suficientemente generosos. As mulheres entregues dessa forma tinham em geral qualidade inferior.

Foi o que se deu em 1830 com um desses caiçaras, Conhé, que conquistou a virgem Merã, mocinha irrequieta e de olhos turvos. A vida tem coisas curiosas: Conhé já tinha uma primeira esposa, dada de presente por um tio; mas foi Merã, e não a primeira, quem logo ficou grávida.

Por nove luas, Conhé exibiu, com orgulho, o colar e os arpões feitos com os dentes do tubarão. Merã não tinha muita coisa, mas dava a todos um sorriso lindo.

A reviravolta aconteceu no dia do parto: com a bolsa estourada, Merã se contorcia em dores, e a criança não caía. A primeira esposa ficou admirando o suplício; e, quando intuiu o desfecho, foi espalhar a notícia, rindo, pelos vizinhos.

Aqueles caiçaras consideravam aviltante, para qualquer pessoa, todo incidente que fugisse ao curso natural dos fatos e pudesse provocar qualquer tipo de dano, especialmente a morte. Numa palavra: abominavam o azar.

Ficavam sem honra, assim, os que morriam afogados, assassinados, atacados por predadores ou por cobras venenosas. Por isso eram comidos — se próprios para consumo — até à cinza dos ossos. Portanto, nem Merã, nem qualquer outra pessoa naquela situação seria digna de auxílio. E a primeira esposa, vingativa, percorreu a aldeia toda, procurando Conhé.

O caçador de tubarão soube da vergonha quando barganhava, no largo das Três Vendas, com escravos do arquiteto Grandjean de Montigny, da Missão Artística, que desde 1826 morava nas redondezas, num suntuoso solar à sombra da floresta.

Mas Conhé teve uma reação inesperada: pediu socorro aos escravos. Merã, então, foi levada às pressas à senzala do solar, seguida por um descontrolado Conhé. A parteira, escrava velha da casa, não deu muita esperança.

— A criança está sentada; e meio enforcada no cordão. Vou tentar salvar pelo menos a mãe.

Foi quando Conhé implorou, desarvorado:

— Por favor, primeiro a criança! Não deixe a criança morrer!

Merã, embora enlouquecida pela dor, não pôde deixar de ouvir. E a vida é mesmo muito engraçada: a parteira velha não perdeu nenhuma delas, nem a mãe, nem a filha — pois era uma menina, que se chamaria Vudja.

Quando retornaram à aldeia — com um grosso farnel de café e carne-seca doado pela senhora de Montigny (que ainda prometera ser madrinha da menina) — a recepção não foi das boas. Na mesma noite, os cunhados de Conhé, irmãos da primeira esposa, foram avisá-lo que a tinham pego de volta, com a anuência do tio.

Conhé xingou; mas a sua atenção era mesmo para Vudja. Tanto que não reagiu, no dia seguinte, quando uns rapazes lhe furtaram dois arpões — que tinham as presas do tubarão caçado vivo.

Quando Merã superou as febres e os incômodos do puerpério, Conhé — feliz porque Vudja vingara — voltou a procurar a mulher. Teve, então, a surpresa: Merã o rechaçou, com energia. E foi assim na segunda, na terceira e na quarta tentativas. Conhé fossava o rasto dela quase todos os dias, e era sempre repelido.

A desgraça não ficou só nisso: sempre que se interessava por qualquer outra mulher, velha ou moça, os outros caçadores de tubarão se interpunham, alegando a indisponibilidade da pretendida e apontando um outro caçador, que já teria feito a escolha. Era a maneira informal, a única de que dispunham, de alijá-lo da casta. Conhé foi o primeiro deles a conhecer tal infâmia.

Merã, por sua vez, além de espezinhar Conhé e saborear mariscos, tinha o prazer secreto de praticar pequenas maldades contra Vudja, simulando fossem simples acidentes. Várias vezes queimou a menina, ou arranhou a pele dela com espinhas de peixe. Certa vez exagerou, chegando a quebrar uma das pernas da filha — que ficou coxa, para sempre.

E Vudja cresceu; e menstruou. Todavia, nenhum caçador de tubarão pensava nela. A virgem coxa e estropiada tinha inveja das moças que casavam, enquanto ia assistindo às investidas de Conhé — que era sempre escorraçado pela mãe e obrigado a resfolegar sozinho, no canto oposto da choupana. Foi essa a formação de Vudja.

É importante dizer que a senhora de Montigny tinha cumprido a promessa. Uma vez por ano, Vudja ia à casa da madrinha, voltando sempre com alguma ninharia. Quando contava treze anos, ainda ignorada pelos homens, viu, com espanto, atrás da estrebaria, uma das cozinheiras ser coberta pelo cocheiro.

Voltou para a aldeia muito perturbada. Principalmente porque o comportamento da mulher tinha sido muito diferente das reações de Merã. Naquela mesma noite, saiu subitamente da choupana, irritada com o eterno recomeço daquela luta entre os pais.

O plano de Vudja foi simples: numa tarde em que Conhé dormia na choupana e Merã mariscava no rio Preto, foi veladamente a um brejo vizinho, onde capturou um enorme cururu, um *Bufo marinus.*

Quando Conhé sentiu aquele baque, meio no peito, meio na boca, teve a reação que Vudja imaginara: esmurrou o bicho, ao mesmo tempo que acordava e abria bem os olhos — precisamente onde o sapo esguichou sua peçonha.

Vudja sabia que Conhé ficaria cego enquanto durasse a inflamação. O resto do drama é fácil de intuir. Naquela noite, tendo os olhos vendados com folhas de arruda maceradas, Conhé não pôde procurar Merã. Por isso, ficou pasmo, mas ao mesmo tempo tão feliz que não quis pensar, quando sentiu de novo a umidade de um corpo feminino.

No dia seguinte, pediu água a Merã; e tentou tocá-la, carinhosamente, no antebraço. A mulher pulou para trás, lançando a cuia longe. Houve troca de ofensas, e Conhé lembrou a noite anterior. Merã, subitamente engasgada, tentava dizer alguma coisa. E negava; sua expressão claramente negava aquela possibilidade.

Foi quando Vudja entrou, com um puçá de caranguejos. Na outra mão, um dos arpões do pai. Não tinha pego nenhum peixe, com o arpão; mas olhava a mãe com olhos ainda mais turvos do que os dela.

Não deve ser difícil perceber que a verdadeira história começa agora e irá girar em torno das quatro personagens principais: Fortunata, Baeta, Rufino e Aniceto. Para ser mais preciso, em torno apenas dos três homens, já que Fortunata só irá reaparecer no fim.

O primeiro caráter que precisamos conhecer é o do perito Sebastião Baeta. Filho de uma relação juridicamente espúria, descendia, por via paterna, de uma dessas tradicionais famílias de Minas, sendo sua mãe de uma linhagem também mineira — a dos antigos escravos que trabalharam na fazenda daquela mesma família.

Os pais de Sebastião se reencontraram no Rio de Janeiro: ele, engenheiro; ela, lavadeira. A paixão foi tão espontânea que o menino foi registrado como filho natural, embora o engenheiro já estivesse casado, com uma professorinha de Viçosa. Tal circunstância, é claro, poderia redundar em longas querelas judiciais quanto aos direitos sucessórios do futuro perito.

A família, assim, decidiu dar um cunho amistoso à questão, dotando a lavadeira com alguns recursos, especialmente para a educação da criança — que também não deixaria de ser contemplada (era a promessa) no testamento do engenheiro.

E Baeta, que tinha nascido no pé do morro do Turano, foi crescer — alijado do convívio dos parentes paternos — no Catumbi, numa casa simples, perto do cemitério de São Francisco de Paula. Crescer no Catumbi significa conviver, naturalmente, com os malandros do Estácio. E Baeta adquiriu com eles alguns conhecimentos essenciais à vida.

Mas sua grande vocação eram as mulheres e os livros. Por isso, fez na polícia uma carreira rápida; e casou com uma moça de canelas grossas — espécime de um padrão recente de beleza feminina, destinado a dominar as principais correntes estéticas do Rio de Janeiro pelo resto do século.

Não era um mau marido, o perito Baeta. Mas o influxo da malandragem ortodoxa, muito presente na sua formação, não lhe permitiu assumir os riscos da monogamia. Por isso, além de Guiomar, a mulher — que era fiel e cobiçada por todos os vizinhos —, tinha uma meia dúzia de namoros na cidade: na rua da Ajuda, no morro do Livramento, no largo da Lapa.

Gostava também de ir à Casa das Trocas, onde fazia sucesso com as brancas. E chegou a ser freguês de meia dúzia de enfermeiras, até da própria Fortunata — contingência que muito influiu, como veremos, na investigação.

Se este fosse um romance psicológico — ou desses em que a história se passa no íntimo das personagens, dando ênfase à subjetividade em detrimento da ação e da concretude dos fatos — faríamos demoradas considerações sobre esse traço da personalidade do perito: o abandono das raízes e a busca da afirmação num meio social superior.

Mas seria perda de tempo: importa dizer que foi a experiência fundamental, na biografia de Baeta, aquele retorno, aquela reimersão no mundo primitivo dos malandros. Porque o chefe de polícia, depois de ler o primeiro relatório, quis que o perito continuasse atuando no caso, como investigador, para fechar o cerco sobre o irmão de Fortunata — na esperança de que Aniceto os levasse até ela.

Até aquele momento, a rotina do capoeira, durante o dia, era frequentar a rua do Ouvidor, onde parecia procurar emprego e onde vendera as joias de Fortunata, tendo levantado a pequena fortuna de quase dez contos de réis, embora as peças valessem muito mais.

Baeta e o chefe de polícia sabiam que não bastava segui-lo durante o dia; e que tal cerco não poderia ser ostensivo: era necessário um mergulho discreto e noturno pelo cais, pelos morros e espeluncas da Gamboa e da Saúde — território elementar do capoeira.

Havia ainda um problema potencial: aquela era a zona do primeiro distrito, da irmandade da praça Mauá — que certamente oporia surda e perigosa resistência à presença do perito na sua jurisdição. O grande mérito, portanto, era saber chegar.

E o mês de julho foi gasto praticamente na implementação dessa estratégia: Baeta foi se fazendo frequentador de botequins, deu uma ou outra incerta pelo porto e fez uma amistosa visita à sede do Rancho das Sereias, na rua Camerino — onde, com suas largas espáduas e expressão viril, conquistou a porta-estandarte, moradora no morro da Favela. Essa relação, claro, já muito justificava a constância do perito naquela área.

O primeiro incidente — que mudaria a história — aconteceu numa daquelas velhas casas de pasto, na subida do morro da Gamboa, ponto de encontro da estiva: Baeta observava a roda em que uns malandros batucavam na palma da mão, tirando versos de improviso, quando ouviu indagarem, atrás:

— Quer alguma coisa comigo, meu patrão?

Era de Aniceto, a voz que interpelava. O capoeira cuspia para cima a fumaça do cigarro, tinha um chapéu desabado na cabeça e o traje era muito ordinário, bem inferior ao que o próprio perito o tinha visto vestir, na rua do Ouvidor. Baeta não estava ali para conflitos tolos. E desconversou, como se fosse absurda a suspeita.

— Pensei, patrão. Mas estou às ordens.

O tom do capoeira era de franco desafio. O perito quis, então, fazer pilhéria. Baeta era — e se considerava — um tipo teoricamente irresistível para o sexo feminino. Como se gabasse disso o tempo todo, escolheu esse caminho:

— Acho que tenho outros motivos para estar aqui.

E fez um movimento insinuante, na direção de duas mulheres desacompanhadas, que fumavam e riam muito, num canto da taberna. Aniceto, então, que vinha sustentando uma atitude hostil, amainou. Quem assistisse ao embate diria ter o capoeira acabado de entrar no seu terreno — porque respondeu, com um sorriso muito aberto:

— Mas são as minhas meninas!

E, antes que o perito o detivesse, Aniceto, rindo alto, feliz, chamou as moças, pelo nome, dizendo que queria apresentá-las ao polícia. Baeta — furioso por ter sido anunciada, em público, sua qualificação — foi convidado à mesa, com gestos, pelas próprias mulheres; e ficou pasmo, quando o capoeira puxou um assento, gentilmente:

— Esteja em casa, patrão!

E, para elas, já dando as costas:

— É um favor que vocês me fazem.

Passava dos limites, a inconveniência. Baeta, atrapalhado, tentou se desculpar. E estranhou, porque elas nem de longe pareceram ofendidas. Antes, olhavam para ele com uma certa piedade.

— Somos honestas, doutor. Mas fazemos tudo o que ele pede.

Para um homem convencido, como o perito Baeta, era demais. Sem ter o que dizer, deixou as moças e foi imprensar o capoeira, no balcão. A essa altura, no entanto, outras pessoas tinham visto a cena; e comentavam, dizendo gracinhas, entre uma ou outra gargalhada.

— Não preciso de ajuda para ter mulher nenhuma!

Aniceto fez um gesto de dúvida; e levantou os braços:

— Como o patrão quiser.

E, enquanto o perito acertava a nota, o capoeira puxou uma batucada, no meio da roda:

— *Cada macaco em seu galho;*
cada rei no seu baralho.

Cerca de quinze dias depois, o perito Baeta deixou a sede da polícia, na rua da Relação, seguiu a rua dos Inválidos, atravessou o Campo de Santana, e contornou a Estação Central, na direção do morro da Favela, residência da nova namorada, porta-estandarte do Rancho das Sereias.

Subiu pela escadinha, cumprimentando as senhoras e afagando a moleira dos moleques. O fato de já ter dado as caras por ali não arrefeceu a hostilidade que ainda podia notar na expressão dos homens. Por isso, teve de encarar um grupo de malandros, ostensivamente, para mostrar quem era a autoridade.

As casas da Favela eram quase sempre de tábuas e ripas de madeira (que sobravam de demolições e dos caixotes abandonados no porto), cobertas com folhas de zinco, dificilmente tendo mais de um cômodo. A namorada de Baeta morava numa casa assim, numa ladeira íngreme onde corria uma valeta, na companhia da avó. Foi ela quem deu a notícia:

— Não está, doutor.

Aquilo foi desagradável. O perito não gostava da velha, que era muito arredia. Talvez porque provocasse o mesmo constrangimento, todas as vezes que ia lá: a porta-estandarte mandava a avó para a casa da vizinha, enquanto durava o namoro. Baeta, uma vez, levara um pote de café; e a velha não agradecera.

Esperou, assim, do lado de fora, com o pé na água, irritado com a moça. E só ficou sabendo pela boca da vizinha:

— Ainda deve estar lá em cima, na venda do galego, perto do oratório.

Estavam vencidos todos os limites. Baeta não admitia mulher sua no meio de vagabundos. E foi até lá, com o espírito em desarmonia, disposto a enquadrar a pequena.

A venda do galego tinha a arquitetura da birosca clássica do início do século 20: uma casa baixa, retangular, com mais frente que fundo, coberta em geral com folhas de zinco, raramente telhada, porta de entrada num dos cantos e, em vez de janelas, duas grandes pranchas de madeira, ocupando cerca de dois terços da fachada e abrindo para fora, como duas línguas, para exibir o balcão — que constitui, fundamentalmente, a venda.

Nenhum freguês entra na casa. Alguns ficam em pé, debruçados no balcão, conversando com o dono, enquanto os demais se acomodam pela rua.

Era a cena, quando chegou o perito. Demorou a vê-la, porque ela não estava, na verdade, em frente à venda — mas quase na entrada do singelo oratório que balizava o cume do morro. Meio oculta na sombra, com a mão na cintura, saia na altura da coxa, dava as costas para uma roda de porrinha e falava com um homem.

Baeta se aproximou e teve a segunda surpresa:

— Que novidade, o patrão por aqui!

Era Aniceto, o homem que conversava com a porta-estandarte, namorada do perito. Difícil descrever o espanto da moça e o ódio de Baeta. Aniceto, todavia, debochava, soprando para cima a fumaça do cigarro. O perito a segurou pelo braço, demarcando território.

— Vai descendo você. Quero ter uma palavra com esse rufião.

E os dois homens se mediram.

— Me diga uma coisa, patrão: agora é crime prosear com uma moça solteira?

Baeta fez menção de puxar a arma. Mas percebeu um movimento de Aniceto, que ajeitava o corpo e disfarçava a iminência da pernada. Daquela distância, e naquela posição, o perito compreendeu a inutilidade do revólver: o mesmo pé que subiria numa meia-lua, para desarmá-lo, daria o impulso necessário para que o capoeira girasse sobre o próprio eixo e desferisse o chapéu de couro fatal, com a perna oposta. Mas não quis passar recibo.

— É mulher minha. Fique longe dela.

O outro provocou:

— Não tenho culpa se elas moram na minha lábia.

Mas Baeta já dera as costas e descia a rua, para tomar outras satisfações. Todavia, ao contrário do que imaginava, não encontrou arrependimento, nem docilidade.

— Cativeiro se acabou, Tião!

E ela jurou uma inocência indignada, com o dedo em riste, alegando que não tinha percebido a hora passar e que o capoeira não era aquilo que Baeta pensava. O perito xingou, ameaçou, chegou a dar um tranco na pequena. A velha interferiu, interpondo a vara do estandarte.

Baeta era um homem vencido, quando a avó foi para a casa da vizinha, depois de conciliados. E, em casa, mais tarde, preferiu não despertar a mulher.

Quem visse aquele homem esbelto, na sua casimira inglesa, afogado no colete, de gravata-borboleta e chapéu--coco, passar de olhos baixos pela calçada da Confeitaria Colombo talvez não desconfiasse do passo meio gingado, nem de que aquela mesma figura pudesse andar de camisa listrada, lenço de seda e calças largas, pela zona do cais.

Falo, naturalmente, de Aniceto. O sobrado onde ele bateu — e entrou logo depois, como pessoa conhecida — era de uma viúva de Macaé, vagamente aparentada com a sinistra família dos Mota Coqueiro, cujo patriarca foi o último homem livre enforcado no Brasil.

A viúva tinha uma meio sobrinha, meio prima, nascida numa fazenda em Quissamã, herdeira rica, casada com um ilustre industrial do ramo têxtil. E foi ela, a meio prima, meio sobrinha, quem bateu também, discretamente, no mesmo sobrado, meia hora depois.

Se algum observador houvesse percebido a entrada dessas duas personagens, na mesma casa, do mesmo modo furtivo, e àquela hora do dia, presumiria que se tratava de adultério. É a verdade.

O incidente não tem pouca importância, nesta narrativa: é a primeira vez que vemos Aniceto mantendo relações com uma senhora respeitável. Por isso, é interessante que se conheça o caso, como se deu.

A herdeira rica, mulher do industrial ilustre, não era infeliz no casamento. Tinha sido cobiçada, na juventude, até por ser bonita. E, por ser rica, e ser herdeira, pôde escolher seu partido, nas festas e recepções oferecidas pelos pais.

O industrial era mais velho. E, como costuma acontecer, a maturidade impressionou a moça. Mas não só isso: o industrial era o pretendente mais bem-sucedido, tinha uma fortuna de dez mil contos de réis; e não estava entre os mais tolos, nas conversas de salão.

Se há uma mentira que persiste — e cuja tradição vem do romance oitocentista — é a de que nos sentimentos puros não pode haver interesse financeiro. Para a rica herdeira, contudo, como para muitas mulheres semelhantes, a riqueza de um homem é a expressão material de uma capacidade de vencer; é um sintoma de virilidade.

A herdeira gostava de vê-lo no seu fraque de corte exclusivo, de senti-lo barbeado com lavandas importadas da França. Tinha orgulho de ter sido escolhida, de estar à altura daquele homem poderoso, cujas decisões influíam na vida de milhares de pessoas. E sentia prazer, quando era tomada por ele, sem licença prévia.

Como, então, explicar Aniceto e a coincidência de sobrados?

Quando foi abordada pelo capoeira pela primeira vez, estavam na rua do Ouvidor, em frente a uma loja de roupas femininas. Ela saía; ele entrava. Aniceto a invadiu com um olhar atrevidíssimo.

— Precisa que lhe chame um carro, dona?

Era vulgar, a expressão, embora não estivesse mal-vestido. Passou por ele sem responder, achando que o correto seria ter se oferecido para carregar os embrulhos. Mais adiante, na luvaria fronteira à redação da *Notícia*, o capoeira a intimou de novo, com os olhos fixos, propondo dessa vez deixá-la em casa. Pelo menos agradeceu, mas num tom ríspido, que reprovava a audácia.

— Venha arejar por aqui amanhã; queria muito conversar com a dona.

Era o cúmulo da petulância. Mas a herdeira voltou, no dia seguinte, porque se imaginava uma pessoa livre, porque não podia ser refém de um sedutor qualquer. E Aniceto estava lá, circulando pela rua do Ouvidor. Sorriu, quando a viu sair da perfumaria na esquina com a Gonçalves Dias. E recomeçou o cerco.

— Vamos tomar alguma coisa, dona?

A vulgaridade da linguagem, a vulgaridade do assédio — em todos os seus aspectos — era completamente inadequada para uma mulher daquela categoria, ou da categoria que ela julgava ter.

Mas foi justamente essa exposição — o ser cortejada daquele modo ordinário por indivíduo de tamanha insolência — que a submeteu. Começava a gostar de se exibir para aquele capadócio.

— Numa próxima vez, quem sabe?

E houve a próxima vez, na mesma rua do Ouvidor. Casualmente, a coisa foi evoluindo. Até chegarem a se encontrar num café discreto da avenida Central — ela prudentemente acompanhada da viúva de Macaé. Não demorou que esta abrisse a casa aos amantes.

Naquele dia, numa alcova sem janelas do segundo andar, a herdeira rica estava despida e de bruços. Aniceto, ao lado, passeava a mão espalmada por aquelas costas da base da nuca à ondulação das nádegas, derivando ora pelos ombros, ora pela face posterior das pernas, num movimento ritmado e suave, embora firme.

Fazia isso enquanto sussurrava nos ouvidos dela, antecipando as obscenidades que a obrigaria a fazer. Havia, naquela brincadeira, um outro ingrediente: o capoeira dizia as obscenidades que a obrigaria a fazer — e que seriam feitas diante de pessoas, que estariam ali, ocultas, observando os dois. E ela, levemente entreaberta, suspirava, coleante, elevando os quadris. Porque essas pessoas, essa pequena plateia, não incluiria só desconhecidos. Em sua imaginação, alguém em particular, um espectador privilegiado, estaria ali, vendo tudo, todas as baixezas: o marido industrial.

Voltemos um pouco a cena, ao momento em que Aniceto cruza a entrada da Colombo, de cabeça baixa, para bater à porta do sobrado. Trajado como estava, mimetizado naquele meio elegante, ninguém reparou nele, especialmente.

A herdeira rica, por sua vez, que vinha num vestido de popelina com armação de arame, luvas de seda e chapéu de renda, foi muito notada pelos frequentadores da confeitaria, como vinha sendo pelos transeuntes comuns.

Admirar mulheres belas, ostensivamente, é uma tradição do Rio de Janeiro. E a herdeira, como estivesse acostumada àquele tipo de assédio, como gostasse de se exibir ao público, não percebeu que vinha sendo seguida, desde que saíra do seu majestoso casarão, em Botafogo. Não é difícil intuir que esse espia fosse o próprio industrial.

O marido da herdeira estava muito nervoso, aprumando o colarinho e olhando o relógio, a cada segundo.

Parecia querer calcular o momento exato do flagrante. Na confeitaria, bebeu três cálices da melhor bagaceira. E começou a suar. Muitos sabiam de quem se tratava; e aquele comportamento intranquilo chamou bastante atenção.

Assim, havia muitos olhares sobre ele, quando lançou na mesa um dinheiro excessivo, sem esperar pelo troco, indo bater naquele mesmo sobrado.

É óbvio que o industrial conhecia a viúva: a dona da casa não pôde deixar de abrir, e de convidá-lo a entrar, embora deva ter ficado apavorada. Mas essas velhas indecentes são astutas: imaginou que do térreo não se escutaria nada, que iria despachá-lo rapidamente, que um homem como ele não teria tanto assunto a tratar com uma parenta distante da mulher. Começou a perceber o engano quando ele sacou o revólver:

— Me diga onde ela está!

E não demorou muito para que ele mesmo, o industrial, arrombasse a porta e invadisse a alcova, surpreendendo a adúltera, na posição inequívoca que já descrevi, e no instante em que ela fazia a excitante cogitação. Os destinos têm mesmo incríveis coincidências.

O industrial, todavia, embora estivesse armado, embora há tempos suspeitasse de tudo, ficou trêmulo diante da verdade; e demorou a agir. Por isso, errou o primeiro tiro, detonado contra o rival; e, quando tentou o segundo, recebeu a pancada: a mulher assestara nele um Santo Antônio de madeira maciça, dando dois ou três golpes complementares, na cabeça, quando o corpo já estava no chão.

Enquanto isso, a viúva dava o alarma, que soou junto com o disparo. Houve agitação na rua, a confeitaria inteira se levantou para intervir, mas os guardas chegaram logo. A herdeira foi presa em flagrante, nua, ensanguentada e em prantos.

Aniceto, que para não ser incriminado desistira de tentar escapar pois o homem tombara sobre a cadeira onde estava o seu paletó, deixando tudo respingado de sangue —, também foi conduzido à delegacia.

A multidão, espremida na frente do sobrado, em que se misturava a fina clientela da Colombo, sem saber exatamente o que tinha acontecido, aplaudia os adúlteros e vaiava o industrial, fragorosamente, aos gritos de "aí vem o corno". Foi um constrangimento, quando viram sair um cadáver, com o crânio esfacelado.

O caso seria trivial não fosse o comportamento da mulher, que envergonhou os polícias: ainda na alcova, quando foram deter o capoeira, ela se atirou sobre os guardas, dando unhadas e mordidas, para impedir a prisão. E gritou histericamente durante todo o percurso até a delegacia, dizendo que ele era inocente, exigindo que o libertassem. Teve de ser contida, quando Aniceto foi levado ao xadrez; e garantiu aos berros que o advogado do amante seria pago por ela.

A perícia foi sumária; e concluiu que somente a mulher cometera o crime. O delegado, contudo, tentou armar outra versão:

— Basta a senhora dar um depoimento, posso arranjar alguma coisa com os peritos. Diga que foi ele quem arremessou o santo.

Isso havia sido proposto já diante do advogado da assassina, que acabava de chegar ao distrito. Mas a mulher cresceu, indignada, promovendo um outro escândalo, para denunciar a fraude que pretendia incriminar o capoeira, exigindo a presença de jornalistas.

Estarrecido com aquela atitude, sem uma boa tese para contestar a detenção da herdeira, o advogado passou, por exigência dela, a defender Aniceto. E teve êxito, pois, consoante o artigo 279 do Código Penal, o crime de adultério era de ação privada — e não tinha havido queixa.

A ideia — que alguém deu — de enquadrá-lo por vadiagem também ruiu por terra. O artigo 399 era bem claro: apesar de não estar exercendo a profissão de tipógrafo, tinha meios de subsistência, como a lei prescrevia, pois havia convertido em apólices o legado recebido de Fortunata, de que lhe provinham juros, ainda que modestos.

Aniceto, assim, foi posto em liberdade. Pouco antes disso, contudo, esteve de novo diante de Baeta. O perito quis fazer uma "reconstituição do crime", no sobrado. Ninguém criticou aquele excesso de zelo; ninguém viu naquilo uma intenção de cunho pessoal. O que Baeta pretendia era intimidar o capoeira.

— Não sei como uma mulher daquelas pode se envolver com tipos da tua laia.

Aniceto achava aquilo muito engraçado.

— O mundo das mulheres, meu patrão, é muito esquerdo.

E era, realmente, coisa muito esquerda um malandro de morro, com instrução rudimentar, criado no meio da capoeiragem e das rodas de batuque, abocanhar amante tão afazendada, capaz de tantos extremos e de tão pouca vergonha.

E Baeta — que tinha admirado a mulher do industrial, e reconhecido nela uma das belezas da cidade — começou a considerar seriamente aquele mistério e aquele poder.

Tanto que, dias depois, quando descia o morro da Favela, definitivamente repelido pela porta-estandarte, não tirava um nome, um suspeito da cabeça: Aniceto.

O adultério não é, naturalmente, uma instituição carioca, no sentido cronológico do termo. Nem tem origem específica em nenhuma cidade, ou entre nenhum povo. Na verdade, a posse dessa noção é que nos diferencia — homens modernos — dos australopitecos, pitecantropos, homens de Java, homens eretos e neandertais.

Na história das cidades, todavia, embora nunca esteja ausente, sua importância é variável. Lugares como Pequim, Jerusalém, Tombuctu ou Calcutá não são lembrados por seus casos de adultério. O mesmo já não se pode dizer sobre Paris ou São Francisco; e muito menos sobre o Rio de Janeiro.

Há pelo menos oito mil anos um primeiro grupo de exímios navegantes abordou o litoral carioca. Esses povoadores originais do território (denominados "homens dos sambaquis" e, mais tarde, "itaipus") eram uma gente do mar, pacífica e apegada ao descanso, mas completamente dominada pelo espírito do risco.

Naquela época, o nível dos oceanos estava bem mais baixo. Por isso, nem o recorte litorâneo era o mesmo; nem a paisagem natural era a mesma. Mas era a cidade.

Os que chegaram — uma dúzia de varões, com mulheres e filhos — não eram desbravadores, mas fugitivos. Vivendo numa sociedade anárquica, destituídos do conceito de propriedade, os únicos crimes possíveis no mundo dos sambaquis eram o incesto (a que tinham invencível aversão) e o adultério. Os fundadores do Rio de Janeiro fugiam desse último crime: metade das mulheres tinha sido roubada.

Sabemos pouco sobre eles; mas é certo que prosperaram. Os arqueólogos se interessam muito por seus delicados adornos feitos com ossos e conchas. Neste livro, serão lembrados como inventores da literatura carioca.

Disse que os itaipus eram do mar. Mas também aprenderam a explorar os rios. Assim, preferindo sempre o meio líquido, nunca fizeram grandes expedições às profundezas da mata; e consideravam a barreira das serras o limite físico do mundo.

Todavia, às vezes era necessário catar frutas, descobrir novos mangues ou riachos, talvez apanhar algum animal pequeno. Aventura perigosa, essa: porque a floresta era habitada por espíritos perversos e misteriosos, que perseguiam particularmente as mulheres e as constrangiam a praticar vexames.

Mas assim tinha que ser a vida: como os pescadores preferissem atuar sozinhos (quando não iam até alto-mar em busca do xaréu), o grupo que entrasse no mato, na maioria mulheres, procurava não se dispersar nem avançar demais no interior das brenhas.

De vez em quando, contudo, uma mulher sumia para reaparecer algumas horas depois. E, à noite, ao redor do fogo, reunidos num concheiro, embaixo de uma lapa ou sobre uma duna de areia, contavam histórias incríveis, em que meninas virgens ficavam grávidas da cobra-d'água, ou esposas eram seduzidas por indecentes lagartos.

Essa tradição não desapareceu com os itaipus. Tanto que os invasores, vindos por terra ou por mar, continuaram repetindo as mesmas lendas. Pertenciam eles, invasores, a duas grandes nações de guerreiros ferozes. Chegaram mais ou menos ao mesmo tempo, há uns três mil anos, e tinham tantas divergências que praticamente não se miscigenaram. Suas leis sobre o adultério também eram conflitantes.

A primeira delas, a nação dos unas — antepassados dos puris, dos coroados e, em parte, dos goitacás —, não conseguiu se impor por muito tempo, na cidade do Rio. Embora muito dados aos jogos e às competições de força e destreza, levavam as coisas muito a sério, sempre presos à hierarquia e à rigidez dos costumes. Não surpreende que considerassem o adultério ofensa grave, de caráter pessoal.

O indivíduo pego em flagrante era terrivelmente espancado pelo parceiro traído, sem direito a defesa. Muitas vezes, tais castigos eram aplicados com bastões de guerra, o que podia ser letal.

Assim, os invasores que permaneceram foram os do mar, os da nação tupi — ancestrais das tribos inimigas que, nos tempos históricos, se designavam tamoios e temiminós, ou seja, os "avôs" e os "netos".

Amantes da arte, da boa comida, da boa bebida e de imensas festanças, esses índios tinham desenvolvido uma filosofia da contradição e de celebração absoluta da vida, cuja expressão máxima era o rito canibal — quando o inimigo se tornava redentor.

Os tupis eram compulsoriamente felizes — tanto que só choravam quando recebiam boas notícias.

Nos casos de adultério, embora fosse permitido às esposas fazer algum alarde, os maridos fingiam de desentendidos, para evitar cisões. Mas, havendo uma nova festa — quando bebiam muito do célebre cauim de mandioca —, um ou outro homem esbravejava, e dava uns cachaços na parceira infiel. Os antigos tupis do Rio de Janeiro só se vingavam das mulheres se estivessem bêbados.

No século 16, mais duas hordas selvagens vieram se somar à dos tupis: os franceses, que construíram um forte na ilha de Serigipe, em 1555, com o aval e o auxílio dos tamoios; e os portugueses, que se consideravam donos da terra e que, aliados aos temiminós, conseguiram se estabelecer na cidade, definitivamente, em 1567.

Esse período foi de guerras tremendas, e culminou com a derrota da coalizão franco-tamoia, que foi forçada a se retirar para as altas serras do interior. Assim, os temiminós — até então mais populosos na banda oriental da baía — avançaram pelo território carioca, chegando mesmo a se misturar com os remanescentes tamoios.

Os europeus — tanto lusos quanto francos —, embora muito arraigados às suas superstições, assimilaram grande parte da cultura tupi. Egressos de uma sociedade estritamente monogâmica, adotaram, por exemplo, a poligamia indígena — o que, na sua lei, constituía um crime.

Essa é uma ambiguidade tipicamente carioca: toda relação entre índia e europeu era simultaneamente legal e ilegítima. Raramente isso se deu no sentido inverso: para os índios, as europeias eram muito repulsivas.

Surgem, assim, os primeiros mamelucos do Rio de Janeiro, resultantes da absorção de franceses e portugueses pelas mulheres tupis. Dos pais, herdaram a noção dolosa de mentira e um sentimento de honra muito flutuante, nascido das assimetrias e antagonismos da cidade, que os levava às vezes a punir com a morte o adultério, como rezavam as ordenações do reino e as antigas tradições dos unas.

Mas isso não aplacou o impulso adúltero. Tanto que o licenciado Heitor Furtado de Mendonça, visitador do Santo Ofício no Brasil, desistiu de vir ao Rio de Janeiro, em 1591, porque (diz uma carta endereçada pelo prelado carioca ao bispo da Bahia) "a julgar pelo que sob este influxo máximo do trópico se passa de fornicações e comborçarias, teme-se que o venerando padre nos mande queimar a cidade inteira".

E houve, naturalmente, mais um encontro entre o perito Baeta e o sedutor Aniceto, fundamental para continuação da história. A cena volta ao início, à Casa das Trocas. Talvez seja interessante descrevê-la melhor.

O prédio, de dimensões palacianas, construído e decorado por artistas da Missão Francesa, é quase um quadrilátero de dois andares, retalhado em salões, salas, corredores e aposentos que se comunicam uns com os outros por um sem-número de portas, arcadas e passagens.

Disse que é quase um quadrilátero, porque seus arquitetos, no que seria a fachada dos fundos, em vez de seguirem um traçado paralelo ao da frente, puxaram, de cada lado, a cerca de um décimo do comprimento total a partir dos cantos, duas paredes sutilmente arqueadas — que começam a se unir por uma linha reta; e que é de novo interrompida para encaixe de um amplo semicírculo. Esses apêndices, um em cada andar, é que se conhecem, impropriamente, por "salões ovais". Esses apêndices é que constituem a verdadeira entrada.

Aí está a genialidade do edifício, cuja forma descobre o caráter dos que nele habitaram: a face que se vê da rua, embora clássica, e elegante, não tem a graça daquela fachada em três planos, que dá para a intimidade do jardim e é invisível aos passantes, pela posição e pela muralha de árvores frondosas que a defendem.

Quem entrasse no saguão se deparava logo com a imponente escada que, atingido um patamar intermediário, se dividia em dois lances, à direita e à esquerda, pelos quais se alcançava o segundo pavimento. Todo esse conjunto era iluminado por uma imensa claraboia, com cúpula em vitrais.

Era embaixo dessa escada, em frente ao salão oval do térreo, que saía, ou chegava, o túnel secreto, escavado para ligar a Casa da Marquesa ao Paço da Quinta da Boa Vista. Foi nesse túnel que o doutor Zmuda improvisou uma adega. E foi nessa adega que a meretriz Fortunata pegou a garrafa de vinho, no dia da morte do secretário.

Como já se disse, tudo que era ilícito acontecia no andar superior. É ali, portanto, que a história continua.

Naquele dia, a Casa das Trocas recebia casais. Para instigar os instintos — e garantir o sigilo — quase não havia luz, salvo a natural, da claraboia, e a de uma ou outra fresta no cortinado das janelas, que aproveitava a esbatida iluminação da rua. Cada par entrava em separado, obrigatoriamente em carros de praça, ou em automóveis alugados, que tinham logo que se retirar. Uma moça discreta, empregada da casa, recebia os visitantes, no jardim, com uma candeia na mão, em frente às escadas de ferro que conduziam ao segundo piso.

Quando Baeta chegou, com a mulher, Guiomar, não era tarde. Subiu por uma das escadas, acompanhando a recepcionista, e entrou no salão oval. Era ali que acontecia o preparo dos convidados, antes da entrada, propriamente dita, no interior da Casa.

O perito e a mulher se despiram, entregando as roupas à moça da candeia, que as acomodou atrás de um biombo, para não serem reconhecidas, eventualmente, por outras pessoas. Depois, vestiram, ele, um roupão e, ela, uma túnica meio transparente, que imitava a das bacantes gregas.

Embora pudessem abrir algumas raras exceções, dona Brigitte e o doutor Zmuda preferiam que os casais aparecessem mascarados, nas áreas comuns. E para tanto ofereciam capuzes especiais, de seda muito suave, que lembravam o dos antigos carrascos. Ficavam bem ajustados, por conta de uma tira elástica, e expunham apenas os olhos e a boca, sendo discreto o orifício à altura do nariz. Havia também espaço para que as donas de cabeleiras vastas as deixassem soltas.

No salão da frente, havia já meia dúzia de casais, além dos anfitriões e de algumas enfermeiras — únicos que mantinham sempre os rostos descobertos. Em geral, as pessoas bebiam e conversavam, até irem lentamente se embriagando e formando grupos, que depois se dirigiam aos demais compartimentos.

Baeta se interessou por uma senhora, aparentemente jovem, provavelmente loura, cuja pele mesmo na penumbra se revelava muito clara. Guiomar, por sua vez, tentava distrair o homem, para que Baeta e a loura pudessem se acertar, sozinhos. Era esse o jogo: Guiomar, mulher feroz e ciumenta, desconhecia as aventuras do marido, nunca admitiria que tivesse casos, não podia nem suspeitar, por exemplo, da existência de uma porta-estandarte no morro da Favela.

Mas gostava de vê-lo com outras, principalmente as brancas, quando ficava patente seu poder de sedução. Por isso, consentia; por isso desejava a Casa das Trocas — onde Baeta podia exibir, para ela, a virilidade que a extasiava.

Todavia, ela, Guiomar, nunca permitia que a tocassem. Não apenas por imposição do marido, mas por se sentir melhor, valendo mais, sendo de um homem só, de um homem que poderia ter qualquer mulher.

E começava bem, aquela noite, quando alguma coisa perturbou o perito. Entrava um novo casal e Baeta ouviu distintamente o cumprimento:

— Boa noite, meu patrão!

A saudação era dirigida ao médico, dono da casa; e foi retribuída com familiaridade. Não podia haver dúvida sobre a identidade do recém-chegado: o timbre da voz, o meneio do corpo e especialmente o jeito insolente de soprar para cima a fumaça do cigarro. Aniceto era a última pessoa que Baeta esperaria encontrar na Casa das Trocas.

Com uma ansiedade que todos notaram, pediu licença e foi conversar à parte, com o polonês.

— Esse sujeito pode estar implicado na morte do secretário!

O doutor Zmuda era discreto, mas a veemência, a circunstância de Baeta ser policial o fizeram falar.

— Está acompanhado da viúva Palhares. Estiveram aqui outras vezes. É adorado pelas enfermeiras.

Baeta nunca notara, antes, a presença do capoeira. E insistiu: o homem era um malandro, explorador de mulheres. E tinha acabado de levar uma mulher honesta a matar o marido. Também devia estar envolvido em alguma trama muito escusa, porque era inconcebível um mero aprendiz de tipógrafo ter tantas oportunidades de conhecer e conquistar amantes ricas. O médico fez um gesto de surpresa:

— Pelo que me consta, ele trabalha na rua do Ouvidor, na La Parisienne. É uma espécie de braço direito de madame Montfort.

Era esse, então, o segredo de Aniceto: se fazer empregado numa loja de luxo, para seduzir damas de classe. Todavia, se isso explicava a oportunidade, não esclarecia a fascinação que o capoeira exercia sobre o sexo feminino — fenômeno que se estendia até às prostitutas.

O perito também não compreendeu por que o capoeira omitira esse dado — o de "trabalhar" no estabelecimento de madame Montfort — que seria bastante para livrá-lo da acusação de vadiagem, na última vez que dera entrada na polícia.

O doutor Zmuda interrompeu o assunto, apontando um grupo, que já se levantava. Baeta foi com Guiomar, acompanhando os casais, até o quarto que fora o toucador da marquesa. Ali, além da cama, posta no centro da peça, havia bancos em todas as paredes, para que observadores se acomodassem.

Na cama, subiram Aniceto, a jovem viúva Palhares e uma outra dama, muito alta, que ia lá pela terceira vez, mas nunca tinha passado de mera espectadora.

Abusado, dominador, o capoeira deu um espetáculo: as duas mulheres, no paroxismo da lubricidade, totalmente domesticadas por ele, a quem competia toda ação, toda iniciativa. Por mais diversos fossem os seus movimentos, em nenhum instante — e nisso está, talvez, a grande arte — deixou que os corpos delas perdessem o contato. Havia naquilo alguma timidez, algum retraimento. Tentavam, as duas, dissimular a excitação que aquele tipo de prazer provocava, como se tudo acontecesse por acaso.

Baeta reparou num detalhe que talvez tenha escapado a outros: Aniceto nunca preteriu a viúva, mas também nunca a olhou nos olhos. A apoteose da noite foi quando ele, com um gesto de desprezo e de descaso, a segurou pelos cabelos e a fez percorrer com a boca todo o corpo da mulher mais alta — que subitamente se descontraiu, oferecida, dizendo palavrões.

A plateia ainda assistiu, no fim, a outro quadro impressionante: pondo a mulher alta em decúbito dorsal e dando, ostensivamente, as costas para a Palhares, provocou nelas um orgasmo simultâneo, entrando com força na primeira, enquanto esticava os braços para tocar a intimidade da viúva.

Aquele primeiro comentário do médico sobre o sucesso de Aniceto com as enfermeiras e a excitação incomum que acabava de observar em sua própria mulher mexeram, definitivamente, com os brios do perito. Guiomar, no entanto, não percebeu aquela leve alteração de humor; e o casal voltou ao salão, porque ela insistia em beber mais alguns tragos.

Quando o malandro passou, de braço dado com a Palhares, recomposta e sorridente, Baeta percebeu muito bem para onde Guiomar desviava, rapidamente, a atenção.

Em quase todo romance policial, quando o protagonista é o investigador, há um elemento de inverossimilhança raras vezes percebido: é que eles, investigadores, parecem não ter mais nada a fazer, mais nenhum caso a elucidar senão o da história principal. Isso é, naturalmente, um erro.

Aqui, nesta novela — que é toda construída sobre eventos reais —, os homens da polícia têm bastante serviço, até porque a ação se passa no Rio de Janeiro, cidade predisposta a crimes sofisticadíssimos.

E é por isso que agentes do primeiro distrito, acompanhados do primeiro comissário, foram obrigados a se afastar da trama deste livro para proceder a uma perícia técnica, na zona do cais.

Uns catraieiros encontraram de manhã, boiando na baía, o corpo de uma adolescente, com as mãos amarradas às costas por tiras de brim grosso. Quando voltavam, para denunciar a descoberta, viram, a poucos metros, batendo na escada do cais, o cadáver de um homem adulto, com as mãos presas do mesmo jeito, com o mesmo tipo de tecido.

O perito Baeta também esteve no local e constatou — antecipando o laudo do legista — que tinham sido mortos por afogamento, há não mais de quatro dias. Provavelmente, impossibilitados de nadar, foram atirados n'água, do próprio cais. E concluiu também que as tiras de brim vinham da mesma calça. O único problema era que não havia, aparentemente, nenhuma ligação entre as vítimas — até porque moravam, ele, em Niterói e, ela, em Itaguaí.

A polícia considerava quase impossível alguém ter assassinado aquelas pessoas, naquele local, sem ter sido visto ou sem fazer barulho — porque as vítimas poderiam ter gritado. Devia ser, por isso, alguma obra coletiva. E a suspeita imediata recaía sobre os estivadores, ou outros trabalhadores do porto. Era, pelo menos, a opinião do agente Mixila.

— Essa área, comissário, especialmente à noite, é frequentada por um bando de vadios.

Era verdade, o que dizia o agente. E Mixila insinuou mais, que um homicídio daquele padrão só podia ter sido praticado por gente de encomenda, por matadores de aluguel — desses que ameaçam testemunhas.

— Ainda não nos livramos da praga dos capoeiras.

A essa altura, todos concordavam com a tese de Mixila — especialmente o primeiro comissário. E logo decidiram dar batidas no cais, para prender suspeitos: malandros e capoeiras que iam ali todas as noites, nas conhecidas rodas de pernada.

Era esse o senso de justiça do primeiro distrito. Não tenho certeza se se pode criticá-los, porque a vingança — base de sistemas jurídicos como os de Talião e de Hamurábi — é talvez o sentimento mais antigo do homem pré-histórico, talvez seja o nosso direito mais legítimo e inalienável. E até Javé foi tomado por esse impulso, no episódio que culminou com a povoação da Terra.

Todavia, embora aqueles policiais estivessem convencidos disso tudo, ainda que por outras formulações, a conversa foi sigilosa. Aliás, como eram todas as conversas da irmandade da praça Mauá, quando se planejava alguma operação que ferisse os procedimentos regulamentares ou as normas legais.

Por isso, Baeta, embora estivesse próximo, examinando a cena do crime, não ouviu o plano. Se soubesse, não voltaria ao cais à noite, como havia planejado desde a última quinta-feira, quando reconhecera o capoeira, na Casa das Trocas.

Para o leitor, é fácil compreender as intenções do perito: embora não tivesse provas (porque não quis passar a vergonha de voltar à Favela), estava convicto de que a porta-estandarte o dispensara em função dos assédios de Aniceto. E, como se não bastasse, o malandro era agora a grande celebridade nas festas do doutor Zmuda — e despertara a curiosidade (senão o interesse) da própria Guiomar.

A vaidade leva a extremos homens como aqueles: Baeta contava flagrar Aniceto em algum ato criminoso. Mais: ansiava (conscientemente até) por alguma forma de resistência, por alguma escaramuça em que pudessem trocar tiros. Numa situação dessas, não hesitaria em alvejar o rival.

O cais do Rio de Janeiro, à noite, é um lugar deserto, sombrio e, por isso, de muitos perigos. Mas os que nele entram, nessas horas, veem muito pouca coisa: tudo de ruim, ou de ilegal, que pode ocorrer, no cais, se esconde no interior dos armazéns.

Naquele dia, não era diferente: iluminados por apenas duas ou três velas, uns doze homens estavam reunidos, já de madrugada, entre pilhas de caixas e sacos de aniagem, bebendo cachaça e jogando à vera. Entre eles, naturalmente, Aniceto.

Uma característica da verdadeira pernada — que não aceita existir se não for proibida — é que nela não há ponto nem palma. O que se marca é um ritmo abstrato, corporal, que só se manifesta no arrastar dos pés.

E o jogo é simples: um homem fica plantado, esperando a pancada — que podia ser, naquela roda, uma rasteira, uma banda, uma tapona ou uma cocada. Tem que aguentar ou se esquivar; só não pode é cair. O outro malandro vem peneirando, rodeando, como que sambando na frente do plantado, chamando a deixa, até bater.

Foi no momento exato de uma cena dessas que os polícias estouraram a roda. Não chegaram a dar alerta: um tiro de escopeta explodiu a fechadura.

— No chão todo mundo!

Todavia, para frustração dos polícias, ninguém reagiu. Aliás, não havia ali nenhum homem armado. E nem dinheiro vivo: as apostas eram feitas com palitos — e só exigíveis no dia seguinte. A estratégia tinha sido do próprio encarregado do armazém — que também jogava.

— Entregaram a gente, comissário.

Era, no fundo, apenas uma forma de se consolarem. Porque as circunstâncias complicavam as coisas, para a polícia: primeiro, porque o crime de capoeiragem só se caracterizava se praticado em sítio público; segundo, os agentes acabavam de pôr em risco a propriedade de vários comerciantes — porque os portões ficavam, agora, arrombados.

Mesmo assim, foram detidos, quase todos, para averiguações. E, nesse momento, quando saíam do armazém, malandros e polícias perceberam a aproximação de Baeta — que andava pelas redondezas, tentando surpreender o capoeira, e fora até ali, atraído pela detonação.

Aniceto escarneceu, quando passou por ele:

— Ainda com ciúme, patrãozinho?

Era demais, para Baeta. Fora de si, deu um safanão no malandro, e o imobilizou contra a parede, de arma em punho. Aniceto, no entanto, só limpou a manga da camisa; e propôs, quase sussurrando:

— Dez contos de réis, se o patrão conseguir tomar uma mulher que seja minha!

Baeta, então, fez um gesto, devolvendo o preso aos seus captores. Sua raiva era tanta que não percebeu pesarem sobre ele os intensos olhares da irmandade.

No dia seguinte, todos foram soltos: a mãe da menina afogada denunciou o marido — pescador em Niterói —, que surpreendera a filha praticando obscenidades manuais com a outra vítima.

No primeiro distrito, contudo, o caso não morreu completamente; e o novo capítulo era aquela estranha presença do perito, sozinho, à noite, na zona do cais.

Quando o visitador Heitor Furtado de Mendonça deixou de vir ao Rio de Janeiro, em 1591, ainda não existiam capoeiras. Muito se discute sobre suas origens: a origem do termo, a origem da luta. O primeiro problema é fácil: "capoeira" vem do tupi *cäapuera*, que é o mato roçado. O gesto de se roçar um mato compreende golpes de machado ou foice, que batem embaixo, perto da raiz. E o golpe fundamental e mais característico da capoeira é exatamente assim.

Capoeira, portanto, foi o nome desse movimento — que também pode ser chamado "arranca-toco", "rapa", "corta-capim" e, quase universalmente, "rasteira". Foi no início do século 19 que o nome "capoeira" passou a designar a arte como um todo e, logo depois, o seu artista.

Por outro lado, escrever a história da luta é, na prática, impossível. Há uma lenda que liga a capoeira à irmandade secreta organizada em torno do pensamento cosmogônico da rainha Jinga Mbandi. Outra que recua à pré-história e faz da capoeira uma sociedade masculina de combate às amazonas.

Na verdade, em todas elas há um pouco de razão: porque existe a capoeira abstrata, que se confunde com o próprio conceito de Rio de Janeiro; e a capoeira concreta — expressão corporal e filosófica desse conceito, cunhada pelos africanos.

Segundo o padre Anchieta, escravos da Guiné estavam na cidade desde pelo menos 1583. Mas até meados do século 17 o que chamava a atenção dos viajantes era mesmo a indiada. Foi no Setecentos que as nações de congos, camundongos, angolas, ganguelas, benguelas, quiçamas, rebolos, monjolos, cambindas, cabundás e caçanjes tomaram conta da paisagem. Histórias de capoeiras vêm precisamente dessa época.

O mais antigo capoeira de que se tem notícia foi o escravo Adão Rebolo — que desbaratou sozinho um destacamento da tropa regular, em frente ao paço, no

Terreiro da Polé, durante o reinado do conde da Cunha. A façanha é notável não apenas porque o africano distribuiu cabeçadas e pernadas entre os soldados, levando ao chão todos eles sem ser acometido de um único ferimento, mas porque o ataque não partiu dos guardas.

Antes de continuar a narrativa, quero informar que o escravo não foi preso, nem na hora, nem depois. Para a história da capoeira, contudo, importam as motivações de Adão Rebolo, ao perpetrar tão formidável ousadia.

O capoeira Adão tinha uma mulher, uma liberta, filha do juiz de fora com uma sua escrava. A moça recebeu do pai algum pecúlio e se estabeleceu com uma casa de quitandas, na rua dos Latoeiros. Adão Rebolo ia lá comer angu; e a filha do juiz o tomou por amante, embora não admitisse casar.

Naquela época, no Rio de Janeiro, conquistar e pôr na cama uma liberta era praticamente impensável, para um africano. Até porque rareavam mulheres, principalmente as de nação. Mas Adão Rebolo era valente, era atrevido. Poucas qualidades viris são tão estimadas como essa.

Durante quase um ano, não houve barulho na casa de quitandas da rua dos Latoeiros. Todas as gracinhas dirigidas à dona eram vingadas na rua; fregueses pagavam dívidas espontaneamente; e cativos fujões passavam pela casa apenas uma vez.

Mas mulheres são voláteis. E o africano Adão soube — antes, testemunhou a traição da quitandeira, com um sargento da tropa. Se fosse português, teria estapeado a amante; mas Adão Rebolo era capoeira e sua reação confirma o fundamento ético da capoeiragem carioca: nenhuma mulher pode ser culpada de adultério. Todo litígio dessa natureza, assim, é uma questão entre homens.

E Adão Rebolo sofreu, mas deixou a casa de quitandas sem quebrar uma única caneca. Depois, tão logo identificou o sargento, que comandava a patrulha no Terreiro da Polé, investiu contra ele; e — consequentemente — contra todos os subordinados.

A capoeiragem, portanto, veio radicar no Rio de Janeiro um novo modo de lidar com o adultério, transfigurando os costumes vigentes desde 1591.

Embora fossem africanos esses primeiros capoeiras, a instituição é carioca, legitimamente, porque foi concebida na cidade. Por que foi aqui, e não lá, a razão é simples: com a escravidão, houve profundas mudanças nos padrões de relacionamento entre homens e mulheres trazidos da África, pela desproporção numérica entre sexos, pela dissolução dos parentescos tradicionais.

Assim, a capoeira do Rio de Janeiro — única que merece propriamente esse nome — não surgiu como brincadeira ou jogo de piruetagens, como é o caso das congêneres baiana, cubana, da Martinica, de Pernambuco ou da Venezuela: a capoeira carioca é uma tática de guerra — em que se disputa, em que se ganha a preferência sexual feminina.

Não sabemos exatamente como a arte grassou. Mas o processo foi rápido. Já no reino do marquês do Lavradio, entre 1769 e 1779, foi criado o terço dos pardos — que eram todos capoeiras, numa espécie de prenúncio da famosa Guarda Negra de dom Pedro Segundo.

É desse tempo também a lenda em torno do próprio vice-rei, criada pela imaginação, ou indulgência, de Joaquim Manuel de Macedo. Dizia ele que o marquês do Lavradio costumava sair à noite, embuçado, para bater nas casas e fisgar falsas donzelas e mulheres casadas — coisa que fazia sob o nome de um oficial de milícias, o tenente Amotinado, extraordinário capoeira, cuja fama obstava a vindita de pais e maridos. O que Macedo não conta é que o marquês trilhava um caminho aberto antes pelo tenente Amotinado.

Muitas personagens da nobreza e do poder também foram, ou dizem que foram, capoeiras — como o major Vidigal (auxiliar do intendente de polícia da Corte e contraditoriamente incumbido de extirpar o mal da capoeiragem); o imperador dom Pedro Primeiro e seu conselheiro Chalaça; o generalíssimo duque de Caxias (cuja estratégia militar deve muito à capoeira); e também o marechal Floriano, além de figuras como o padre Perereca, Paula Brito, André Rebouças e José do Patrocínio.

Mas as histórias sobre homens como esses, apesar de interessantes, acabam por ofuscar os verdadeiros protagonistas da arte — os escravos africanos e crioulos, que nas primeiras décadas do Oitocentos deram feição definitiva à capoeira.

Herdeiros imediatos da filosofia tupi — já incorporada à cidade —, segundo a qual o indivíduo só se torna pleno se tiver um inimigo, os capoeiras passaram a se dividir em maltas, com territórios definidos e emblemas específicos (como fitas de cor, assobios e espíritos tutelares). A população feminina desses territórios, naturalmente, era propriedade da malta local; e as guerras se davam para sedução de mulheres na área inimiga ou vinganças de adultérios.

Havia também grande empenho em tomar o controle de igrejas e prédios públicos pertencentes a outras maltas. Mas nunca se soube de capoeira que agredisse uma mulher ou ficasse de tocaia para atacar pelas costas.

Às vezes, no entanto, havia mortes, decorrentes do próprio embate, que admitia armas brancas e pedaços de pau; e até mesmo roubos — porque (todos sabem) algumas moças gostam muito de presentes. Por isso, a capoeiragem foi implacavelmente perseguida, desde antes do período joanino.

Mas o poder das maltas era tão devastador que foi só na república, mais de um século depois, que a ação policial obteve algum sucesso, com a ofensiva de Sampaio Ferraz.

Esse homem, todavia, mesmo tendo conseguido prender e deportar centenas de capoeiras para Fernando de Noronha, não conseguiu extingui-los: àquela altura, extinguir a capoeira era destruir a própria cidade.

Nomes como Prata Preta, Ciríaco, Manduca da Praia, Mestre Canela, Gabiroba, Bernardo Mãozinha, Mano Juca, Cabacinho e Madame Satã (que também lutava pelo amor de rapazes) são a prova de que a capoeira permanece, e até evolui, no século 20.

É desnecessário exaltar sua grandeza, como arte bélica; e a importância de seu legado, para a ética da malandragem. Mas não custa lembrar — para honra de seus cultores — que foram eles, capoeiras, os primeiros feministas do mundo ocidental.

A aposta — ou talvez duelo — que opôs Baeta a Aniceto não tinha, como seria natural, nem as testemunhas necessárias, nem um depositário do prêmio apostado. Era, mais que tudo, uma questão de palavra.

Se perdesse, o capoeira entregaria ao rival todo o legado de Fortunata e mais algum dinheiro, que iria ganhar ou levantar com madame Montfort. Todavia, fosse Baeta derrotado, não haveria pagamento — pois dez contos era soma considerável, muito superior à de que ele dispunha em poupança líquida, naquele momento; ou pudesse obter, honestamente, como funcionário público.

Era estranha, assim, a tranquilidade que o perito exibia, no dia seguinte ao do encontro no armazém. Se o leitor lembrar da cena, pode cogitar umas razões: primeiro, em nenhum momento o perito Baeta concordou, expressamente, com a aposta. Aliás, o perito não disse uma única palavra. Seus gestos se resumiram a repor no coldre o revólver, antes que os agentes conduzissem o capoeira ao distrito.

É claro que Aniceto tomou aquele movimento — a reposição silenciosa do revólver no coldre — como um gesto de anuência. Baeta não sentia de outra forma: o orgulho, a vaidade o impediriam de se valer de expediente tão baixo para fugir de um compromisso.

Na verdade, o ponto era outro. Na formulação estrita da aposta, não havia prazo: Aniceto se comprometia a pagar assim que ele, Sebastião Baeta, conquistasse uma de suas mulheres — sem contudo mencionar quanto tempo esperaria por isso. Se acontecesse — digamos — depois de cinco anos, ainda assim teria direito aos dez contos.

Falei em vaidade, falei em orgulho. Era vaidoso, o perito. Faltava pouco para se considerar a melhor das pessoas. Mas tinha certeza de ser dos mais atraentes, entre os homens. Mesmo em Londres; mesmo em Buenos Aires. E principalmente na Casa das Trocas, que tinha, para ele, uma significação existencial: abusar das fêmeas alheias e ver a sua refugando à aproximação dos machos era a espécie de triunfo que justificava a vida. Por isso, haver na face da terra, haver no Rio de Janeiro alguém como Aniceto simplesmente o aniquilava, naquilo que supunha ser o maior de seus méritos humanos.

A falha na proposição da aposta, portanto, permitia ao perito planejar com calma as investidas, dava oportunidade de estudar o terreno adversário — ou seja, as mulheres seduzidas por ele. Baeta queria uma vitória completa. Assim, o primeiro endereço onde bateu, logicamente, foi na antiga rua do Imperador, na clínica do doutor Zmuda.

Ficou surpreso, o médico, com a visita do perito. E um tanto aborrecido, devo dizer, com aquela insistência da polícia em remoer o caso do secretário. Para o doutor Zmuda, o crime era político; e seu mandante pessoa muito poderosa, porque fizera a assassina desaparecer, sem pistas. Essa opinião era idêntica à da maior autoridade policial do município, que inclusive já voltara à sua casa e dissera a ele exatamente a mesma coisa.

Baeta se assustou um pouco com o tom irritadiço. Mas não tinha maneira honrosa de abordar seu assunto sem o pretexto da investigação. Tentou, assim, um caminho menos torto: precisava de alguns elementos, de informações sobre o capoeira Aniceto, que estivera com Fortunata no dia do crime, como os brincos provavam, para iluminar dados obscuros obtidos em suas análises periciais.

Miroslav Zmuda era estrangeiro, mas não era burro. A reação do perito no último encontro de casais revelava que havia algum interesse pessoal naquilo. Mas, como era hábil, resolveu dizer o que sabia. O que, no fundo, era bem pouco: Aniceto tinha estado ali em três ou quatro ocasiões, sempre nas noitadas coletivas, como acompanhante da viúva Palhares — uma bem conhecida devassa da sociedade carioca, cujo marido provavelmente se tinha suicidado de vergonha, embora do óbito constasse falência pulmonar.

A Palhares era frequentadora da Casa há muito tempo — e havia tido inúmeros amantes. Uma coisa verdadeiramente notável, que ele, doutor Zmuda, percebia, era a fidelidade da viúva àquele novo parceiro — circunstância inusitada e improvável em mulher tão dissoluta.

Outro fato não menos digno de nota — e que surpreendera a todos — foi a cena entre a Palhares e a mulher alta, na última orgia, pois nunca se soube que ambas também desfrutassem do prazer de Lesbos.

Quanto às enfermeiras, ouviu dizerem que era exímio amante, uma delas tendo até confessado que ele, Aniceto, tinha sido o primeiro homem (porque naquilo preferira sempre as moças) a lhe provocar orgasmos com a língua.

Para o doutor Zmuda, que um homem agradasse tanto às mulheres não era de todo tão surpreendente. O que lhe parecia extrapolar da norma era a capacidade de sedução, a rapidez e a veemência com que atraía o sexo feminino, sendo sujeito tão rude e de tão baixa estirpe.

— É realmente sobrenatural.

As palavras têm uma certa força: Baeta entendeu que o médico, polaco, empregara o termo na acepção de "incomum" ou "extraordinário". Mas não pôde deixar de fazer algumas associações. E, de repente, mudando um pouco o rumo da prosa, voltou a interrogar:

— Quando exatamente esse malandro veio aqui pela primeira vez?

Miroslav Zmuda recordava, porque tinha sido um escândalo — para ele e dona Brigitte — a presença da Palhares, muito enamorada de Aniceto, alguns dias após a missa de mês pela morte do marido.

— Foi no fim de julho... se não me engano, pelas minhas contas... dia 24.

Para Baeta, todo aquele absurdo começava a fazer algum sentido.

Interrompo aqui a narrativa para lembrar um outro crime antecedente, constante de uma novela carioca denominada *O trono da rainha Jinga*.

Faço dela um breve resumo, para não perdermos tempo, principalmente o de quem já a tenha lido: houve, no Rio de Janeiro, em torno de 1626, uma série de crimes perpetrados por uma irmandade secreta de escravos africanos e crioulos — mas que incluía forros e até indígenas —, cujas características mais evidentes eram a crueldade e a falta aparente de motivação.

A referida irmandade propalava a comentada heresia de Judas (no dizer ignaro do povo livre), segundo a qual falhara, incrivelmente, a missão redentora do Crucificado, apesar de todo aquele tão imenso sofrimento. Pois o grande traidor, Judas Iscariotes, tinha também padecido, de arrependimento e vergonha, tendo até se enforcado numa figueira — que é a árvore do Diabo, conforme muitas tradições.

Na verdade, a irmandade e sua heresia se fundamentavam no pensamento metafísico da rainha de Matamba, Jinga Mbandi, que considerava o mal uma das grandezas físicas do universo, sendo finito, mensurável e constante. Manifestações do mal eram, naturalmente, sensações físicas ou emocionais, como as de dor, asco, medo, tristeza, ódio ou culpa.

Assim, quanto mais dor física fosse sentida por um grupo de indivíduos, menos dor, consequentemente, as demais pessoas sofreriam. Por isso, os crimes da irmandade eram bárbaros, cruentos: sendo escravos, sujeitos potenciais aos maiores suplícios, procuravam arredar de si essa possibilidade, infligindo aos livres um intensíssimo padecimento preventivo.

Nenhum dos crimes da irmandade, no entanto, nos interessa aqui. Quero mencionar o episódio incidental de um daqueles hereges, um certo Cristóvão — escravo de ganho, ferreiro, que agora não me lembro se era congo ou angola.

Cristóvão era apaixonado, apaixonadíssimo pela mestra da irmandade, a escrava Ana, dita também Camba Dinene, em quimbundo, idioma oficial e litúrgico do grupo.

Ana, todavia, era amante de um negro da terra, um caboclo — que Cristóvão desprezava. Esse índio, conhecido na irmandade como Lemba dia Muxito (mas nascido Boicorá, baixando hoje nos terreiros como seu Cobra Coral), tinha a ciência da mata e ensinou à mestra o princípio ativo dos venenos.

O que indignava Cristóvão, e que o fazia sofrer ainda mais, era que Lemba dia Muxito tinha Ana como teria qualquer uma, com descaso, como algo que — se não se tem — não se procura ter. Não compreendeu que era precisamente por isso, por esse planejado desprezo, que o índio se tornara tão desejável; para ela e para as outras.

Preso ao dilema do amor impossível, Cristóvão traiu Camba Dinene: vazou os próprios olhos, para não vê-la; cortou a própria língua, para não beijá-la; infligiu ao corpo uma série de castigos, para se tornar repugnante; e assumiu, como Judas, uma culpa que não era apenas sua.

Supus, quando li essa história, que ele quisesse atrair para si toda a dor, todo o mal do mundo — e redimir, assim, a humanidade, cumprindo o inalcançado ideal de Jesus Cristo.

Todavia, vejo agora um outro intento: Cristóvão tinha ciúme do caboclo. E fez uma associação de ideias: concluiu que o amor, também, era constante e finito, era uma das grandezas físicas do universo. Logo, se ele, Cristóvão, sentisse o amor máximo, o amor absoluto, não restaria mais amor no mundo, para ninguém.

Esse crime, esse suicídio, naturalmente, foi uma loucura. Mas ficou, na tradição do povo, o ditado, segundo o qual quem ama menos tem mais poder.

É claro que o doutor Zmuda não disse tudo. Assim que se despediu do perito, foi sentar em sua elegante escrivaninha de mogno, com detalhes em marfim, depois de tirar de uma estante, com portas fechadas à chave, um caderno de notas, de capa preta.

Nessa capa, fixada no alto, havia uma tira de papel retangular, na qual se lia, numa caligrafia rebuscada, o título alemão *Das Aníketos Problem* — que arrisco traduzir por "o problema Aniceto".

Vendo a compenetração da nossa personagem enquanto folheia esse caderno, começamos a descortinar um novo e ainda mais misterioso universo, entre os coexistentes na casa do doutor Zmuda.

Figura curiosa, o polonês. Poderia ter sido um dos cientistas mais famosos dos fins do século 19, se se tivesse empenhado nesse propósito. Com dezessete anos, ingressou na escola de medicina de Viena, onde obteve o grau de médico, em 1879. Foi — como se vê — contemporâneo de Sigmund Freud, compartilhando a admiração pelo mesmo mestre: o célebre fisiologista Ernst von Brücke.

O aluno Miroslav, como eu disse, desde o início do curso mostrou interesse pela fisiologia do coito, orientando suas pesquisas pelo ângulo feminino. Um de seus primeiros artigos ligava as teorias de Darwin aos caracteres que imaginava distinguissem as várias raças humanas, demonstrando ser o papel sexual da mulher o fator que as determinava.

Nesse texto, hoje obsoleto, Zmuda afirmava que a esteatopigia das africanas — associada à prática copulatória na posição "de quatro", típica das culturas inferiores e da maioria dos mamíferos — produziu evolutivamente um maior tamanho médio do pênis, na África.

Por outro lado, instituições como a das gueixas do Japão e outras formas de servilidade sexual feminina existentes na Ásia oriental teriam gerado, pela ausência de orgasmo na mulher, uma diminuição progressiva do membro viril, naquela área.

Segundo o mesmo princípio, o melhor índice de desempenho masculino entre os árabes, considerados os parâmetros "grau de rigidez", "tempo de ereção" e "tempo de recuperação", se vincularia às antigas tradições poligâmicas dos semitas, preservadas pela civilização muçulmana, em função de um condicionamento que beira à insaciabilidade.

Já os europeus se singularizam por um equilíbrio absoluto das funções sexuais (ou seja, prazer e procriação), correspondente ao alto estágio evolutivo dos árias, manifesto na preferência quase universal pela posição "frente a frente", pelo imperativo da monogamia (ao menos depois de Roma e do cristianismo) e pelo respeito à maternidade.

Esse tema o levou depois a estudar o Mito do Grande Pênis, para compreender a reação feminina às dimensões relativas do membro viril. Medidos comprimento e circunferência, Miroslav Zmuda identificou cinco categorias penianas: a dos ínfimos, a dos modestos, a dos dignos, a dos robustos e a dos colossais. Os primeiros e os últimos eram patologias — e seus efeitos, inconvenientes, porque ou produziam dor ou não provocavam reação.

As três classes intermediárias, por sua vez, apresentavam discrepâncias interessantes: a dos modestos era capaz de induzir orgasmos eventualmente, dependendo da concorrência de diversas variáveis de cunho emocional. Já dignos e robustos tinham êxitos mais constantes — só que com uma diferença: segundo o relato de várias pacientes, mesmo tendo orgasmos de igual intensidade, produzidos pelos dois tipos de pênis, elas teriam preferido, se tivessem como escolher, a dimensão robusta.

Esse dado era tão importante que explicava uma aparente contradição da pesquisa: sendo ínfimos e colossais deformações orgânicas, era de esperar que fossem rejeitados nos mesmos percentuais. Todavia, os colossais eram mais bem aceitos e em alguns casos até preferidos — o que nunca acontecia com os ínfimos.

Miroslav Zmuda concluiu, assim, pela veracidade do Mito do Grande Pênis e escreveu o trecho clássico pelo qual seria para sempre criticado: "O espírito humano foi moldado para as grandes coisas, para idolatrar a imensidão; admiramos palácios, catedrais, monumentos, cordilheiras e oceanos, pelo mesmo motivo que mulheres preferirão um falo avantajado."

Foi mais ou menos nessa época que o doutor Zmuda conheceu, passeando em Viena, a brasileira com quem se casou e com quem veio para o Rio de Janeiro, em 1883. E foi no Rio, cidade muito mestiça e de muita imigração, que suas teses se aperfeiçoaram.

Disse que o doutor Zmuda era polaco, era um eslavo. Logo, tinha a superstição da superioridade ariana. Assim, acresceu algumas ponderações à primeira versão da teoria sobre o Mito do Grande Pênis, dando mais relevo aos fenômenos afetivos (que seu colega Freud chamaria psicológicos) da sexualidade. Eram os aspectos subjetivos da atração entre pares que preparavam ou predispunham de maneira mais eficaz a mulher ao contato do homem, aumentando consideravelmente a probabilidade de orgasmo.

Assim, o volume peniano não influía apenas como fator físico ou sensorial: era a visão do membro, a sedução óptica, o elemento fundamental — o que explicava o sucesso dos colossais, entre algumas mulheres, mesmo quando anatomicamente desconfortáveis. E o que também explicava a preferência pelos robustos, em relação aos dignos, quando eram equivalentes, no plano fisiológico.

Todavia, um grande pênis produzia esse efeito porque suscitava uma percepção de poder; percepção essa que poderia ser provocada, até conjuntamente, por outros traços viris passíveis de admiração — como a força, a inteligência, a eloquência, a cultura, alguma habilidade artística, projeção social, riqueza ou (aí entra o arianismo) a superioridade de raça, talvez a qualidade mais expressiva (na opinião do médico), porque diretamente associada à seleção natural.

Miroslav Zmuda constatou que a atração sexual reproduz uma relação de poder: uma mulher superior não aceita homens inferiores, enquanto estes, ao contrário, anseiam dominar o maior número de fêmeas. Por isso, um ariano, desde que não seja ínfimo, e não necessitando ser robusto ou colossal, será sempre preferível; e irá predispor melhor a parceira ao orgasmo. Foi assim com a brasileira que conheceu em Viena; foi assim com a capixabinha Brigitte. E o médico dava risinhos laterais, lembrando que ele, Miroslav, além de ariano, pertencia à classe dos robustos.

O que o doutor Zmuda não quis contar ao perito Baeta era todo esse segredo científico, que ele já não podia publicar. Até porque — para que isso ficasse muito bem explicado — teria que cometer uma indiscrição inconfessável, teria que revelar mais um mistério sobre a Casa das Trocas.

Porque ali, naquela Casa, nas estantes e gavetas do consultório do doutor Zmuda, fechadas à chave, todos os dados sobre a intimidade sexual dos clientes estavam transcritos em cadernos de capa preta, exatamente iguais ao que ele folheava.

Contidas nesses cadernos estavam todas as fantasias solicitadas à dona Brigitte, as práticas colhidas por observação direta (nos quartos coletivos, durante as festas de casais), e — esse era o crime — a reprodução dos relatórios verbais exigidos regularmente de todas as enfermeiras, sobre tudo que faziam com seus clientes.

O perito Sebastião Baeta, sua esposa Guiomar, todas as pessoas que por lá passaram também tinham seus nomes em cadernos, muito bem guardados, onde os respectivos comportamentos e propriedades sexuais eram descritos em pormenor.

A antiga casa da marquesa de Santos não era tão somente clínica ginecológica, maternidade, bordel, local de encontros clandestinos e de orgias. Era também — sabemos agora — o mais sigiloso e completo laboratório de observação e arquivo de dados sobre a vida sexual de uma cidade, em todo o mundo.

Miroslav Zmuda não pôde, assim, revelar ao perito o conteúdo do "problema Aniceto" — que vinha subvertendo pontos cruciais da sua teoria.

Na ronda que empreendeu sobre os passos de Aniceto, desde o começo de julho, o perito Baeta mapeou áreas opostas, contraditórias mesmo, da cidade. Cada uma delas com uma cadeia própria de amantes, antagônicas e incomunicáveis — o que tornava assombroso o talento do rival.

A primeira tinha como nódulo a rua do Ouvidor. Ali, no logradouro mais elegante e sofisticado do Rio, Aniceto seduzira a proprietária francesa da La Parisienne, madame Montfort, e a partir dessa conquista iniciara uma rede de relações com freguesas da loja: como a mulher do industrial, residente em Botafogo, e a viúva Palhares, moradora em Laranjeiras — onde já surdiam rumores sobre certa vizinha, bem casada, que vinha traindo o marido com um tipo reles.

Da rua do Ouvidor, portanto, Aniceto podia fazer uma ponte para os bairros ricos e atuar em altas esferas sociais. Além disso, a Palhares permitira a abertura de um outro vetor, que levou o capoeira a São Cristóvão, mais especificamente à Casa das Trocas.

Desse ponto, seu potencial de sedução crescia em série geométrica. Mas, com isso, também as possibilidades do perito, que precisava ter acesso a lugares onde o capoeira fizesse amantes, para poder tomá-las.

Todavia, embora a Casa das Trocas fosse um território em que ele, Baeta, tinha tradicionalmente grande êxito, um certo constrangimento, uma certa inibição, o medo de perder diante de testemunhas fez o perito se inclinar para a segunda zona em que Aniceto transitava.

Era o lado pobre da cidade, onde habitavam as lavadeiras, as criadas, as vendedoras ambulantes, as cozinheiras, quituteiras, costureiras, operárias e jornaleiras em geral. Não era um universo desconhecido, para Baeta. Tanto que teve ali alguns namoros, como no caso da porta-estandarte. Inconscientemente, achava esse ambiente mais propício, talvez porque mulheres como aquelas devessem preferir um policial a um malandro.

A área palmilhada pelo capoeira compreendia essencialmente, além do próprio porto, os bairros da Saúde e da Gamboa, as ruas Senador Pompeu e Barão de São Félix, acompanhando mais ou menos a fralda ocidental do Livramento e da Favela até o morro do Pinto — e incluindo os próprios morros, evidentemente.

Aniceto morava na rua da Harmonia, perto da praça, numa casa de cômodos que não chegava a ser cortiço — e que por isso tinha escapado à fúria sanitarista do princípio do século. Era uma construção sóbria, inicialmente térrea a que se acresceu um sobrado, com oito cômodos em cima e apenas quatro embaixo, o que deixava espaço amplo para a cozinha e para o quarto de banhos. As sondagens do perito começaram por ali, em meados de setembro, num dia em que Aniceto não estava.

Um polícia, na Saúde, fazendo perguntas, assusta muito as pessoas. Baeta não foi bem recebido. E teve que amolecer a portuguesa, dona da casa, aos poucos, garantindo não ter nada contra o inquilino; que na verdade procurava ali uma de suas namoradas. O perito avaliou o quanto de consideração Aniceto merecia da proprietária:

— Em casa, não; que me respeita. Mas anda fazendo coleção por aí, desde que voltou.

Era importante, esse dado: a portuguesa não tinha lembrança de que Aniceto fosse tão mulherengo, antes da temporada em Alagoas. Informação consistente com a data de 24 de julho, fornecida pelo doutor Zmuda. Ficava claro, portanto, que o talento do capoeira tinha sido adquirido depois do serviço feito por Rufino. A portuguesa terminou o assunto, dando dois ou três endereços.

O perito não iria, é claro, bater na porta dessas moças. Mas as indicações esclareceram um traço fundamental da ética do capoeira: naquela região, pelo menos, não se sabia de envolvimento seu com mulheres casadas. Isso facilitava as coisas, aparentemente. Antes, porém, Baeta precisava preparar o terreno, se fazer ainda mais conhecido em toda a zona, amenizar o rancor que sua condição de polícia inspirava em todo mundo.

Nos dias subsequentes, sempre evitando o rival, Baeta fez inúmeras investidas: nos botequins, nas biroscas, nos lugares onde pudesse encontrar mulheres de Aniceto. Chegou a se arriscar numa roda de batuque, na rua do Propósito. Mas foi num velho armazém da Santo Cristo, onde vendiam principalmente bacalhau, linguiça e carne-seca — que pendiam em ganchos do teto, empesteando o ar com um cheiro sufocante de sal e gordura —, que conheceu o primeiro inimigo declarado do capoeira.

— Aquilo é safado. Um dia morre, e não sabe por quê.

O comentário veio numa entonação de ódio. Baeta notou o acento estrangeiro na fala do homem, que deu as costas e voltou a confabular com dois companheiros, recostados nuns sacos de batata. Foi quando um quarto homem, do mesmo grupo, deixando uma partida de sueca, fez um sinal sugestivo, indicando que se afastassem um pouco, para conversarem.

Antônio Mina, o homem do acento estrangeiro, com casa própria na rua do Hospício, era um dos últimos babalaôs africanos do Rio de Janeiro. Não gostavam dele, os outros sacerdotes de Ifá, porque espalhava ser o único detentor legítimo da tradição, o único que conhecia os duzentos e cinquenta e seis caminhos de cada um dos duzentos e cinquenta e seis odus (ou destinos individuais) — o que perfazia mais de sessenta e cinco mil poemas decorados, que poderia recitar.

O informante, que explicava essas coisas, era aprendiz do africano. Baeta nunca tinha ouvido falar que os minas tinham um deus do conhecimento; e uma espécie de alfabeto, com o qual eram escritos os odus — representados por um signo complexo cujo sentido se decifrava pela análise aritmética do seu traçado. E começou a perceber que mesmo os feiticeiros seguiam princípios e aplicavam métodos. Talvez por isso, pelo caráter racional daquela atividade, todos naquele reduto venerassem o babalaô Antônio Mina — até mesmo o galego, dono do armazém.

E o perito foi escutando as histórias, pagou mais de uma rodada de cachaça com chouriço, até que o próprio Mina se aproximasse, para narrar, pessoalmente, a sua versão.

Antônio consultava para Aniceto desde sempre. O capoeira tinha sido abandonado pela mãe, recém-nascido, e acabou órfão de pai — quando os irmãos o renegaram. Nessa altura, chegou a viver às expensas do babalaô, por caridade. Não conheciam nem se lembravam de nenhuma Fortunata — o que era natural, pela idade com que teriam sido separados.

Aliás, o capoeira nunca fora socorrido por nenhum parente, a não ser o pai. Por isso, o mina não perdoava a traição de Aniceto, que — antes de sumir uns tempos pelo norte — tinha ido procurar um feiticeiro de outra linha, um velho macumbeiro, charlatão e explorador.

Foi essa a razão da briga: Antônio tinha se recusado a iniciar Aniceto como babalaô, porque o odu assinalado proibia.

— Marcou Odi-Oturá. Diz que quem faz Ifá nessa pessoa atrai vexame ou desgraça.

O perito estava impressionado com a natureza daquela desavença entre feiticeiros — em tudo similar à dos cientistas, defensores de correntes teóricas divergentes.

— Agora anda por aí, bancando que é o tal; dizem que cheio de mulher e do dinheiro. O povo pensa que foi obra do macumba. Não acredito nisso. Se tem mulheres, é porque está rico. E se está rico, é porque é ladrão!

Tinha tomado umas cachaças, o perito. Mas deduzira facilmente a identidade do velho macumba: poder como aquele — ter dinheiro, ter mulheres — valia mesmo um par de brincos de ouro, em forma de cavalo-marinho.

Não era a primeira vez que o perito Baeta se avizinhava das realidades fantásticas, dos conhecimentos esotéricos, do mundo da magia. A vida cotidiana da mãe, lavadeira, estava sempre permeada pela sobrenatureza. E ela gostava de contar casos sobrenaturais, principalmente de crimes, que ouvia das vizinhas, nas quitandas e nas feiras.

No Catumbi, onde Baeta nasceu, moravam pegados à casa de uma cartomante, dona Zezé, que também recebia um preto-velho de quimbanda. O menino Sebastião tinha estado com esse velho, Pai Cristóvão das Almas, uma única vez, levado clandestinamente por uma tia, quando fora mordido por um cachorro que diziam estar com raiva.

Nunca esqueceu a cena: dona Zezé, incorporada com a entidade, com a pele ainda mais encarquilhada, estava toda torta, toda encurvada, sentada sobre os músculos adutores da coxa, com as pernas dobradas para trás, numa posição insuportável para pessoa daquela idade. E Pai Cristóvão, com sua voz milenar e pentatônica, puxando arrepiantes melodias, manejando ao mesmo tempo um facão e uma navalha, pitando um fumo amargo no cachimbo, explodindo enormes rodas de fundanga, bebendo litros dc cachaça sem perder a lucidez.

O filho da lavadeira ficou curado e ouviu ainda mais histórias: sobre gente que morreu na data e da maneira previstas pelo velho; sobre recados de além-túmulo, com detalhes tão precisos e tão íntimos que não poderiam ser apenas casuais; sobre diagnósticos de doenças, depois confirmadas por médicos doutores; e muitas outras maravilhas.

Mas nunca deu importância a nada disso. Foi a influência do pai, engenheiro, mesmo a distância, que criou a barreira, a ilusão de que daquele universo só saíam fracassados. O engenheiro, percebendo a inteligência extraordinária do menino, investiu muito na sua educação formal; mas também incutiu nele, excessivamente, certa mentalidade — digamos — "científica".

Talvez tenha sido por isso, por esse excesso, que Baeta nunca tenha dado crédito nem mesmo a vertentes heterodoxas da ciência. Sua veemente rejeição à antropologia criminal de Lombroso, por exemplo, não advinha apenas das inúmeras contraprovas colhidas em seu próprio meio originário — mas também por ter o médico italiano estudado fenômenos espirituais, tendo atestado a veracidade de experimentos mesméricos e magnéticos, que fervilhavam na Europa de então. O perito achava tal interesse incompatível com a mentalidade científica — e portanto o desqualificara, como teórico.

O babalaô Antônio Mina foi um elemento simultaneamente perturbador e conciliador, para Baeta: primeiro, quando percebeu que o pensamento mágico buscava espantosos fundamentos na teoria dos números; e, segundo, porque o perito já não tinha dúvida de que o poder sedutor de Aniceto havia sido obtido por aquela via sobrenatural. Os depoimentos do mina, da portuguesa e do próprio Miroslav Zmuda confirmavam que aquelas proezas eram recentes — e coincidiam com a data do serviço prestado por Rufino, no cemitério dos Ingleses.

Sabemos que as mentes matemáticas têm grande propensão ao misticismo: Baeta era filho de um engenheiro;

e ouvia as histórias sobrenaturais da lavadeira. Naquele momento, as linhagens se fundiram: lógica e magia passaram a habitar o mesmo mundo e afloraram nele, com ímpeto, todas as inclinações fantásticas da sua constituição intelectual.

O perito sentiu que se buscasse a feitiçaria, como meio de vencer a aposta, não estaria traindo sua natureza essencialmente racional.

Consultar dona Zezé, contudo, era impossível: ele próprio, Baeta, tinha ido ao enterro dela, anos antes, acompanhando a mãe. E Antônio Mina, muito menos. Embora não houvesse compreendido com clareza as objeções do babalaô às pretensões de Aniceto, Baeta intuiu que o capoeira só havia procurado Rufino por não ter se conformado com a recusa do mina.

Quem detinha o poder, portanto, quem podia transmitir aquele poder tão cobiçado era o explorador, o charlatão, o macumbeiro Rufino.

Uma das histórias fantásticas que Baeta ouviu da mãe, naqueles dias, circulou com o nome de *A inesperada vingança de Maria do Pote*; e era ainda conhecida em

1983 — quando o saudoso Beto da Cuíca a transformou em samba.

É o caso de um certo Dito, Benedito, malandro, batuqueiro, morador no morro do Rato, mas que frequentava a roda do sinistro Terreirão, no São Carlos. Esse lugar — uma espécie de degrau naturalmente recortado na subida íngreme do morro — tinha ficado maldito desde que derrubaram ali um pé de mata-pau (ou figueira-branca), assim abrindo como se fosse a própria cancela do inferno.

Quem andasse pelo Terreirão e particularmente arrastasse o pé sobre a área onde viveu a planta era acometido de desgraça irreparável, que consumia o indivíduo até o fim da vida.

Todavia, na época em que esses fatos se narram, as evidências do fenômeno ainda não tinham sido percebidas. Por isso, ninguém naquelas redondezas perdia uma batucada no Terreirão, e até do Andaraí descia gente para conferir a fama dos bambas do Estácio.

Consta que o Dito não fosse apenas batuqueiro e malandro: era também, e principalmente, bandido. Assaltava, por conta própria; e matava, por encomenda. Essa última circunstância não o impediu — é claro — de contabilizar algumas mortes (digamos) pessoais, provocadas sem motivação financeira. Se não fosse por dinheiro, Dito só mataria por vingança.

Havia um rito, evidentemente, para distinguir as duas modalidades: nas encomendas, Dito cumpria o calendário do mandante. As vinganças, no entanto, eram executadas apenas aos sábados, nos meses de abril ou março.

Era tanta arte, tanta premeditação, que o Dito não se importava com a eventualidade de a futura vítima conhecer a sentença. Ninguém escapava — até porque ainda não se tinha atinado com o princípio subjacente à escolha do sábado fatídico.

As consequências de ter pisado o Terreirão começaram, para Dito, quando ele viu brincar na roda uma cabrocha atiçada, que chamava a atenção da malandragem, com um reboliço muito excêntrico, muito provocante. Era, como se percebe, a Maria do Pote. Dito, bandido e batuqueiro, foi encostar a moça no barranco, depois do samba.

Maria do Pote era local, mas ia num candomblé de inquices, na Barão de Itaúna, e tinha sido raspada para sinhá Bamburucema — que é quase uma Iansã ou uma Santa Bárbara. Dizem que as mulheres desse santo são muito quentes — e melhores que as de Oxum.

Por isso, de nada valeu a advertência das comadres, para que ela refugasse, que tipos como aquele não prestavam. Não sabiam, essas comadres, como é gostoso se entregar a um homem mau. E o Dito, assim, demarcou a Maria do Pote como sua.

Numa história cujo tema é a traição; que começa falando de vingança; que envolve um homem (que é bandido) e uma mulher (que é sedutora) — não pode haver desfecho sem que ocorra um adultério. E é exatamente o que vai acontecer.

Antes, porém, é necessário que se diga: Maria do Pote não era uma mulher perdida, uma vadia, como insistem em apontá-la. É importante lembrar, primeiro, que era moça — e que tinha batucado em cima de onde esteve a raiz do mata-pau.

São árvores impressionantes, tais figueiras. A galhada vasta, confusa, irregular, parece traduzir a imprevisibilidade da vida. São galhos que contraditoriamente semelham raízes — como se a planta também crescesse para dentro da terra. Por isso, por essa ambivalência, são uma porteira para o mundo subterrâneo e tumular, onde habitam os espíritos desencarnados. Ele mesmo, o mata-pau, se alimenta da morte, como o nome acusa, porque só germina sobre o cadáver de uma outra árvore.

Maria do Pote — como muitos outros, como o próprio Dito — recebeu o influxo da figueira. E, uma única vez, depois de um samba a que seu dono não foi, se enroscou com um terceiro, naquele mesmo barranco. Dito, malandro, soube de tudo; e ficou quieto — aproveitando o tempo que restava da Maria.

Foi em 15 de abril de 1911 — num sábado de Aleluia, dia da Grande Vingança — em que malhavam Judas e depois iam beber e batucar no Terreirão, que o Dito sangrou a Maria do Pote, no meio da roda.

As comadres choraram; e ninguém mais falou no assunto. O que as pessoas começaram a estranhar foi o comportamento do bandido. Primeiro, dava grandes voltas para não passar pelo cemitério de São Francisco de Paula, tendo que pegar a Doutor Agra para alcançar a rua Itapiru, evitando sempre o largo do Catumbi. Depois, passou a temer todas as encruzilhadas, que só atravessava de olhos fechados. E foi então que revelaram estar o Dito vendo assombrações.

Nenhum pai de santo ou rezadeira deu solução ao problema. Pelo contrário, o batuqueiro foi desenganado. Até que sobreveio um novo sábado de Aleluia. Dito estava no Terreirão, resistindo à tristeza, quando aconteceu: o malandro, bandido, macho mau e assassino, de repente pulou no centro do terreiro, requebrando de mão nas cadeiras — no estilo exótico, instigador e inconfundível da finada Maria do Pote. Dizem que até a gargalhada tinha o timbre exato da cabrocha.

Voltamos, assim, a Rufino. A casa, no alto de Santa Teresa, ficava encravada na mata, acima de onde Antônio Valentim construíra seu imponente castelo, numa área que vinha sendo lentamente ocupada e já contava com uma dúzia de barracos.

O de Rufino era o mais isolado deles. Mas não fora erguido com sobras de tábuas e outros materiais de demolição, como os demais: era uma construção bem mais antiga, de pau a pique, baixa e sem janelas. A ventilação, precária, era feita por um pequeno vão entre as paredes e a armação do teto, coberto com piaçava. Além da porta da frente, fechada à tramela e pintada com a imagem sinuosa de uma cobra-coral, havia outra nos fundos, que dava passagem a um homem agachado. Por ela se alcançava a espessura da floresta.

Essa era uma diferença importante: enquanto os outros moradores tentavam abrir clareiras em torno das casas, para tornar o ambiente cada vez mais urbano, Rufino preferia a sombra e a umidade da mata. Mais que isso: ameaçava quem aparecesse com foice, facão ou machado, dizendo que aquela exuberante natureza não tinha sido obra de Deus; que fora ele, Rufino, quem construíra a floresta — como Antônio Valentim o seu castelo. O velho dizia ser capaz de apontar as palmeiras, os jequitibás, os jatobás, os jacarandás, os tapirirás, as canelas, os cedros, as perobas, os ipês, as begônias, as orquídeas, os angelins e as gameleiras que havia plantado, numa labuta de quarenta anos.

Era mais uma história que corria sobre ele: que tinha sido um dos cativos empregados pelo major Archer no reflorestamento do maciço da Tijuca, iniciado em 1861, por ordem do imperador, com o intento de recuperar as nascentes dos rios Comprido, Maracanã e Carioca, e acabar com a falta crônica de água na cidade.

Rufino até cumpriu essa tarefa, mas depois de comandar a fuga dos escravos. Surgia, assim, o misterioso quilombo da Cambada — nunca destruído, nem localizado — de que Rufino foi cabeça.

Enquanto o major continuava o trabalho — com braços assalariados, dessa vez — os fugitivos iam fazendo a mesma coisa, iam replantando a floresta, em pontos diferentes do maciço.

Replantar a floresta da Tijuca, para Rufino, não serviu apenas à sobrevivência dos rios — e também à das suas caças preferidas: pacas, queixadas, macucos e calangos. O velho também quis criar um labirinto, onde a Cambada pudesse, para sempre, resistir.

A casa de Rufino — que era uma casa de quilombo — tinha, assim, mais importância que o castelo, do ponto de vista arquitetônico — porque foi uma das últimas, nesse estilo, existentes na cidade.

Quando Baeta chegou a essa casa, Rufino não estava e a chuva já caía. Tinha sido um estirão, a pé, até ali, desde o largo do Guimarães, onde saltou do bonde. Por isso, queria esperar. Mas não havia abrigo, até porque os vizinhos, as pessoas que moravam mais abaixo, pareciam não gostar muito do velho, tinham indicado o caminho com bastante má vontade.

No instante exato em que a chuva apertava, em que ia virando temporal, o perito percebeu um movimento estranho, no mato; e rodeou a casa, de arma em punho, esperando fosse apenas algum bicho. Viu, então, que a portinhola de trás, protegida por uma cerca de bromélias, estava aberta. E não resistiu.

A mobília propriamente dita consistia de uma esteira, cobrindo um recamado de folhas, e de um banco de pau forrado com couro de anta. Havia ainda um toco de jaqueira, que devia também servir de assento; e um fogareiro de ferro com uma trempe por cima. O resto eram vários samburás pendentes do teto, um candongueiro de pele de jararaca, e caveiras de animais pelas paredes. O perito pensou reconhecer quatorze, exatamente: onça-pintada, tamanduá-bandeira, cutia, jacaré-de-papo-amarelo, caititu, caburé, guariba, capivara, bicho-preguiça, muriqui, tatu-canastra, tucano, paca e jaguatirica. Completavam o cenário objetos variados, espalhados pelo chão, como cordas, velas, garrafas, ferramentas primitivas, facas, estoques e até um chuço grande, de ponta muito aguçada, que poderia ser usado com arma, de caça ou de guerra.

— Procurando a morte, moço?

Baeta se voltou para encarar Rufino, que estava em pé, encharcado, descalço, com o tronco nu e um terçado na mão. Mais que facões, há dignidades que amedrontam. Por isso, apesar de estar armado, apesar de ser policial, o perito tremeu.

O velho reconheceu o perito. Sabia, no íntimo, que era pessoa da mesma laia dos facínoras da praça Mauá. Mas manteve o olho duro, enquanto esperava uma satisfação. Baeta, então, com muito jeito, começou se desculpando, para chegar logo na sua matéria:

— Vim falar sobre o homem que lhe deu os brincos.

Rufino desconfiou, se acomodou no banco de pele de anta, de perna aberta, e lançou dali o terçado, que foi se cravar no toco da jaqueira. Era o modo de indicar ao polícia o lugar onde poderia sentar.

— E o que é que o homem dos brincos tem que ver com essa história?

Baeta não compreendeu. Não sabia de história nenhuma. Tinha ido ali com um fim muito específico, relativo a Aniceto. Era sobre isso que pretendia conversar.

— Não pense que me engana, moço. Vocês são todos iguais.

O perito, então, mais uma vez, compreendeu que a condição de policial atrapalhava tudo. Mas não quis se justificar e foi direto ao ponto: falou do babalaô Antônio Mina; das inúmeras mulheres de Aniceto; e da suspeita dele, Baeta, de que o serviço feito para o capoeira, no cemitério dos Ingleses, e pago com os brincos, tinha relação com aquele poder.

— Vim aqui atrás da mesma coisa.

Rufino não respondeu de imediato. Secou as mãos com um chumaço de estopa, tirou um cachimbo de um dos samburás, picou um pouco de fumo e, só depois da terceira baforada, decidiu:

— Não faço trato com polícia. Nunca mais.

Foi quando Baeta conseguiu puxar o fio da meada: sua casa tinha sido invadida, suas coisas tinham sido reviradas e espalhadas como lixo, ele próprio tinha sido torturado. Estava ainda com as marcas das pancadas, nas costas, além de queimaduras no rosto, nas mãos e na sola dos pés. Tudo isso por conta de um tesouro — que diziam ser dele.

Os agentes que quiseram extorqui-lo (e Baeta não suspeitou do delegado) andavam agora por ali espreitando, rondando a casa, seguindo seus passos e as pessoas que iam até lá encomendar serviços.

O perito — que já aceitava a abstração da magia — ainda não conseguia acreditar em riqueza tão palpável, em tanta pedra e tanto metal. E disse isso ao velho, como prova de que não tinha ido ali para roubá-lo. Rufino, contudo, continuou interessado no cachimbo, indicando claramente que encerrara o assunto.

— Existe, então, esse tesouro?

Era só uma provocação. Mas o velho só abriu a boca para cuspir na terra. Baeta se levantou, indignado. Antes de bater a porta, tentou a última cartada:

— Vou dar um jeito nos polícias; e voltamos a conversar.

Rufino, que tinha mantido uma expressão feroz, riu pela primeira vez.

O problema Aniceto — na forma como o doutor Zmuda o descreveu — era na verdade um conjunto de observações que poderiam ser enunciadas em três tópicos distintos, correspondentes às áreas do fenômeno sexual feminino que mais vinham interessando ao médico, nos últimos anos.

Vimos que, em Viena, Miroslav Zmuda deu ênfase à fisiologia do coito, à evolução sexual das raças, ao mito do Grande Pênis. Suas ideias, à época, traziam implícito o pressuposto de que a ação do falo na vagina era o elemento primordial do prazer feminino, ainda que subsidiado por fatores afetivos.

Toda ênfase tem, necessariamente, uma contrapartida: o polaco menosprezava, então, a importância das funções clitorianas, tanto na estimulação quanto na execução do coito — como considerava secundária e dispensável, particularmente na mulher, a indução manual do orgasmo. E logo ele, Miroslav Zmuda, hábil masturbador, que conquistara sua capixabinha desse modo, no antigo consultório da Glória.

Foi Aniceto que começou a modificar o pensamento do médico. Era um dia de casais. Era o dia 24 de julho. Estavam lá os convidados de rotina. Estavam lá Guiomar e o perito Baeta. A Palhares, acompanhada daquele novo parceiro, o escandalizava, com sua presença, a menos de dois meses do enterro do marido. Embora poucos soubessem de quem se tratava, o casal não despertou interesse. Baeta, então no auge, nem olhou para eles.

Mas Aniceto estava atento. Mirava fixamente as mulheres, sobretudo as enfermeiras. E logo atraiu uma delas, indo com a Palhares para um dos quartos que as regras permitiam fossem fechados por dentro. Foi essa enfermeira quem narrou tudo, depois, à dona Brigitte.

Além de ter conduzido a viúva a beijá-la, em plena boca, e a experimentar seu corpo, inteiramente, o capoeira produziu nela, enfermeira, um orgasmo nunca antes obtido, com um homem, naquela intensidade, numa penetração. Deitada de costas, a prostituta sentiu que todo o peso de Aniceto se concentrava no púbis — e que, mantendo vigorosamente o púbis sobre a vulva, podia mover os quadris, introduzindo o pênis ao mesmo tempo, e com a mesma força, que massageava o clitóris.

— Fiquei tão derreada que nem pude me mexer — concluiu a moça, sem palavras para descrever aquela sensação.

Por se tratar de meretriz de vasta experiência, Zmuda deu muito valor àquela técnica. E pôde observá-la ao vivo, meses depois — pois foi exatamente dessa maneira que Aniceto trabalhou a mulher alta, na festa em que Baeta notara o capoeira pela primeira vez.

Mas nem era isso o que mais impressionava, naquele homem. Era nos domínios da atração sexual que Aniceto vinha fazendo prodígios.

Seduzir enfermeiras talvez até não fosse tão difícil: mas, àquela altura, o doutor Zmuda já sabia que Aniceto não era exatamente empregado de madame Montfort; que tinha sido a causa do crime cometido pela mulher do industrial do ramo têxtil; e que conquistava com certa facilidade outras damas muito finas, como a viúva Palhares e sua vizinha de Laranjeiras, além das mulheres que conhecia na Casa das Trocas.

Embora houvesse exceções — e dona Brigitte já realizara algumas fantasias naquela orientação —, as fêmeas, em geral (era então a opinião do médico), preferiam machos superiores: a elas mesmas e a outros machos do mesmo patamar, digamos, social — o que no Rio de Janeiro se confundia com a noção de raça.

E mais: se a Palhares ou qualquer das mulheres seduzidas pelo capoeira já houvessem manifestado essa tendência — a de gostarem de homens brutos, reles ou ignorantes, coisa que para ele, Zmuda, pertencia ao campo das fantasias individuais — até não haveria surpresa. Surpresa havia em ser ele aceito por tantas parceiras que lhe eram superiores — o que dava ao seu sucesso um caráter de verdadeira proeza.

Essa era uma das razões que fazia Aniceto imprescindível, na Casa das Trocas. Miroslav Zmuda queria compreender, primeiramente, o método; e depois descobrir seus fundamentos científicos, que o tornavam tão poderoso.

A segunda razão era ainda mais premente: o capoeira, além de irresistível sedutor, tinha uma capacidade inimaginável de devassar as mentes femininas e conhecer desejos sexuais terrivelmente íntimos — que logo expunha e explorava.

Um bom exemplo disso tinha sido o modo como conduzira o contato entre a Palhares e a mulher alta: Aniceto parecia saber coisas de antemão — que ambas também gostavam de mulheres; que a viúva sentia prazer em ser tratada com certo descaso, como figura secundária; que a outra preferia o papel dominador, que ser passiva, naquele tipo de relação, era uma forma de humilhar a parceira.

Ainda que se admita ter a Palhares revelado tais desejos ao capoeira (o que Zmuda achava muito improvável), não havia como explicar o caso em relação à mulher alta, senão por incrível casualidade ou profunda intuição. E o médico pendia para a segunda hipótese, enquanto revia suas anotações e confirmava que nenhuma das duas apresentara aquelas tendências, aquelas simbolizações, anteriormente.

Esse era o terceiro grande tema das pesquisas do doutor Zmuda: a constância do fenômeno que ele denominava simbolização sexual — e cuja descoberta devia à cidade, à dona Brigitte e à Casa das Trocas.

Foi no Rio de Janeiro que Miroslav Zmuda constatou — melhor, se convenceu cabalmente de que o orgasmo feminino era muito afetado por componentes simbólicas da atração e do ato sexual. Esses símbolos podiam operar apenas na fabulação, como nos indivíduos que imaginam cenas, secretamente, durante o coito. Todavia, quando essas cenas eram dramatizadas, quando se tornavam experimentos da vida real, influíam tremendamente no nível de prazer.

Desde então, o polonês vinha catalogando e classificando um grande número de simbolizações — que tanto a literatura especializada quanto o senso comum inquinavam como aberrações, perversões, taras, vícios, depravações, excrescências e desvios. Ninguém, como Aniceto, frequentava tão familiarmente zonas escuras como essas.

Quando Donga registrou, em 1916, na Biblioteca Nacional, a partitura intitulada *Pelo telefone* — primeira composição denominada "samba", embora fosse, na verdade, um maxixe —, talvez tenha cometido uma série de omissões, ou dito mentiras, no que concerne a gênero, autores e datas.

Mas havia verdades, no conteúdo da letra: o chefe de polícia, desde pelo menos 1913, sabia que na Carioca havia uma roleta. E que tal roleta ficava no bar do Hans Staden — apelido popular de uma tradicional cervejaria alemã, que nunca teve, comercialmente, esse nome e nos seus bons tempos chegou a servir a melhor cerveja crua do mundo, funcionando no endereço onde é hoje uma cutelaria.

Quem entrasse no Hans não poderia deixar de notar a mesa redonda de mármore, onde eram expostos, para uso dos clientes, baralhos, dados, tabuleiros e peças de diversos jogos de azar. Não era, exatamente, um antro; mas o bar tinha se tornado célebre por ser um dos principais centros do jogo proibido, na cidade, dispondo até de uma sala secreta, onde ficava a referida roleta.

Por isso, ninguém esteve à vontade, no Hans, quando o perito Baeta e o delegado do primeiro distrito cruzaram toda a extensão do salão, para sentarem numa mesinha do fundo, pedindo chope claro, pepinos em conserva e um sortido de salsichas.

O convite do delegado fora uma surpresa, para o perito. Não devia ser uma questão de trabalho o que tinham vindo discutir, porque era fácil conversarem na repartição. A matéria, assim, era particular e dava a Baeta uma oportunidade ímpar de abordar seu problema, o caso do feiticeiro Rufino.

O perito imaginava que o delegado, sujeito cético, não desse crédito à história do tesouro. Pensava em pedir, assim, sem revelar as verdadeiras razões, que o colega impusesse sua autoridade, obrigando os agentes a diminuírem as pressões sobre o velho. Falaria em arbitrariedades, mencionaria o nome do chefe de polícia, talvez até o do próprio ministro da Justiça. Só não sabia como fazer isso sem denunciar seu interesse pessoal.

Por isso, foi um impacto, para ele, quando o delegado entrou direto no assunto, depois do primeiro gole:

— Soube que você esteve em Santa Teresa, na casa do feiticeiro.

Então, era mesmo verdade: Rufino estava sendo vigiado, dia e noite, por agentes do primeiro distrito. O movimento que o perito observara no mato, antes de entrar no casebre do velho, fora o de um espia. Baeta só não poderia imaginar que era o próprio delegado quem comandava aquela caça.

— Existe alguma coisa grande acontecendo, na área do meu distrito. Tenho o direito de saber o que é.

Aquilo era uma espécie de xeque-mate nas pretensões do perito. Baeta não podia deixar que suspeitassem do assassinato do secretário (e por isso não podia dizer que o caso de Fortunata acontecera no distrito de São Cristóvão e não no da praça Mauá, o que talvez aliviasse as tensões). Tinha que manter a mesma posição, de que não sabia de nada, que tinha ido procurar o velho no interesse da perícia, em busca de evidências para outros casos de furto de cadáveres, ocorridos na cidade, que começara a rever. Era uma conversa mole, como o delegado intuiu.

— É preciso que você saiba de uma coisa: o primeiro distrito é uma irmandade.

Baeta compreendeu a ameaça implícita. Era famoso, na polícia, o sentido de honra e lealdade da turma da praça Mauá. Não porque formassem uma quadrilha. Não tinham nenhum esquema de propinas ou coisa parecida. O que existia entre eles — além da vaidade de se dizerem os melhores homens da cidade — era tão somente um pacto de defesa mútua, de apoio incondicional. Como nas maçonarias e sociedades secretas. Desnecessário mencionar o tipo de pena que recaía sobre traidores e inimigos.

— E o que você esteve procurando no cais, há uns quinze dias?

Nunca poderiam saber, no primeiro distrito, que Fortunata era irmã do capoeira. Baeta, assim, fez um gesto de desdém, afirmando que o problema dele com o malandro era de cunho pessoal. Assim que deu essa resposta, no entanto, percebeu que não mentia, que ele, Baeta, tinha mesmo um problema pessoal com Aniceto.

O delegado, contudo, era um bom polícia. E disse o que pensava: que o perito andava fazendo investigações na jurisdição que era dele, delegado; que o capoeira tinha alguma relação com Rufino; que Rufino tinha relação com a mulher chamada Fortunata; e que a mulher tinha relação com Aniceto — o que fechava o círculo. E que tal círculo envolvia, certamente, uma história muito grande.

— Por falar em coisa grande, por que os brincos foram devolvidos?

Baeta leu, no sorriso do delegado, uma suspeita. E devolveu a acusação, fechando a cara. O delegado, que também sabia ler expressões faciais, se apressou em retrucar:

— No primeiro distrito, ninguém rouba.

Demorou a entender, o perito, o pensamento do colega: na praça Mauá, achavam que ele, Baeta, devolvera os brincos para servirem de isca. Rufino — que, todos sabiam, tinha um tesouro — não tardaria a ir até o esconderijo para acrescentar aquela peça, ou qualquer outra que recebesse de seus inúmeros clientes.

Era essa, sempre havia sido essa, a questão principal que tinham contra ele, Baeta, no primeiro distrito.

O perito, no entanto, tinha espírito essencialmente matemático: para ele, era mais difícil acreditar em maravilhas concretas (como diziam do tesouro de Rufino) que em entidades abstratas, como o ponto, a reta, o círculo e outras figuras geométricas inexistentes na natureza, que compõem o universo fantástico criado por Euclides.

Foi isso, mais ou menos, que deu a entender ao delegado: não estava caçando tesouro nenhum, porque não imaginava ideia mais fora de propósito.

Impressionante, como aquele tipo de fascinação opera nas pessoas: o delegado não aceitou a explicação do perito, simplesmente porque quem crê num tesouro não consegue admitir que outros o desacreditem.

— E foi atrás daquele velho exatamente para quê?

Era uma resposta que Baeta não iria dar. E tal insistência, naquele momento, o enfureceu. Talvez o delegado não soubesse, não houvesse percebido que o perito não gostava de se sentir intimidado. Baeta era homem, tinha nascido para ser homem. Não se sentia no direito de ter medo, nem que fosse de uma irmandade inteira.

Então, antes de se levantar, foi mais rápido que o delegado e espetou, com raiva, a última salsicha, deixando o outro com o palito no ar.

— Quem convida paga a conta.

Acabava de fazer uma declaração de guerra.

Uma das histórias arroladas pelo doutor Zmuda, uma das dramatizações produzidas por dona Brigitte — e que ilustra bem o modo como a Casa das Trocas procedia, em casos análogos — começou quando a capixaba recebeu uma carta anônima, em que a remetente (porque era, com certeza, uma mulher) descrevia o desejo que necessitava realizar mas que só se daria a conhecer se obtivesse, primeiro, a anuência da administradora.

Dona Brigitte disse o preço e escreveu que sim, dando também as instruções quanto à entrega de certos elementos necessários à execução do plano, particularmente do dinheiro — a ser feita num dia certo, numa hora certa, a um certo preposto que estaria com um certo traje, em ponto certo do largo do Machado.

E assim aconteceu, dias depois: numa rua escura, transversal à da praia do Flamengo, já na altura do Catete, ao identificar certa mulher com vestido de musselina e chapéu de plumas, que mantinha a silhueta ainda espartilhada e andava a passos bem medidos, um cupê emparelhou com ela — para que o cocheiro, muito educado, fizesse uma pergunta qualquer.

A ansiedade da mulher era visível, mas, ante abordagem tão cordial, pareceu relaxar. E se dispunha a responder, quando saiu, de repente, de um beco próximo, um homem extremamente rude, que — agarrando a dona pelo braço, com energia — a empurrou para dentro do carro.

E o cupê rodou, do Catete ao Centro — não para um logradouro como a avenida Central, mas para o pior trecho da rua da Alfândega (que corresponde ao da antiga Quitanda do Marisco), onde parou. A mulher — que durante a viagem tinha sofrido degradações verbais e alguns abusos físicos — foi arrastada até um sobradinho velho e levada aos trancos ao andar de cima, onde seria entregue a um outro homem, que então se serviria dela, sem contemplação.

Mas essa história fica para depois. Falemos do primeiro homem, o raptor, na verdade um rapaz de 22 anos. Era ele uma espécie de braço externo, de posto avançado da Casa das Trocas, para serviços arriscados e um tanto mais insólitos.

Não sei se deixei claro que, apesar de ter homens a frete, estes não ficavam à espera, nas dependências da Casa, como as enfermeiras. Dona Brigitte os convocava quando necessário; e — consoante as circunstâncias — podiam até atender na antiga rua do Imperador (sempre com muita discrição, com tudo cercado de rigorosos procedimentos de segurança). Mas era mais comum irem a aposentos alugados, nas velhas ruas do Centro.

Hermínio — o prostituto que levara a mulher do Catete para a rua da Alfândega — não era de família abastada, mas poderia ter sido jornalista ou empregado no comércio, como o pai e os irmãos. Vivia daquilo por prazer, por apreciar o risco, porque não compreendia o conceito de trabalho.

Embora já houvesse se envolvido em pancadarias, nas partidas do América contra seus adversários, e apreciasse o futebol por conta disso, gostava mesmo era das regatas e chegara a remar pelo São Cristóvão — preferindo gastar o seu dinheiro no salão secreto do Hans Staden ou nas bancas de bicho da estação Central.

Também não era difícil vê-lo nas imediações da praça Mauá, nas rodas de jogo do monte, de monte inglês, de cara e coroa e de chapinha — que não eram procuradas apenas por malandros.

Foi a capacidade de transitar entre esses polos — as roletas fechadas do largo da Carioca e o banco de pau das espeluncas da Gamboa — que o talhou para as grandes missões da Casa das Trocas. Hermínio falava bem, vestia com aprumo e impressionava, no seu colarinho 44 de antigo remador. Mas também se entendia com os pelintras, embora não fosse capoeira, nem andasse em batucadas.

Assim, ao mesmo tempo que era praticamente exclusivo da clientela sofisticada — capitalistas, militares, funcionários públicos de alto escalão —, agia também nos bastidores, organizando dramatizações elaboradas, contratando carros, alugando cômodos, corrompendo pessoas, tomando precauções que garantissem o sigilo, além de outras providências.

Tinha sido Hermínio, por exemplo, quem conseguira convencer três desocupados a acompanhá-lo àquele mesmo sobrado da rua da Alfândega — onde encontraram, disponível, uma mulher mascarada; e que só permaneceu incógnita pela diligência do mesmo Hermínio — tal a ânsia com que aqueles três caíram sobre ela. Foi ele, também, quem induziu uma dama falida a ceder a filha, por dois contos. E também fora Hermínio quem descobrira, no morro da Cachoeirinha, uma mulher imensa e má, detentora de verdadeiras patas — que desde então era o fascínio dos adoradores de pés da Casa das Trocas.

Acostumado a tarefas daquele tipo, foi com desagrado que Hermínio terminou de ler uma carta de dona Brigitte, datada de 1º de outubro, contendo estranha solicitação. Nela, nessa carta, a capixaba pedia apurasse ele o máximo de informações a respeito de certo feiticeiro chamado Rufino, que diziam ser bem conhecido na região da Lapa. Não explicava os motivos, com vagar — deferência de que se considerava merecedor. Dizia apenas que era coisa confidencial, que tinha a ver com a segurança da Casa das Trocas.

Esse era um mundo em que Hermínio não entrava: o das casas de santo e dos macumbeiros. Também não ajoelhava em igrejas nem apelava a padres. Acreditava que a aleatoriedade da vida era incompatível com a ideia de Deus. Tinha repugnância por qualquer raciocínio que envolvesse superstição e nunca apostara num bicho em função de sonho, mas segundo um princípio lógico que imaginava existir em toda espécie de jogo.

Mas era dona Brigitte quem assinava a carta. Todavia, em vez de ir à Lapa sondar essa obscura personagem, sem chamar atenção, preferiu ficar no seu próprio meio. Então, numa noite de carteado proibido, que acontecia num botequim esconso da travessa do Liceu, onde se bebia uísque e as principais vítimas eram oficiais da marinha britânica, Hermínio achou que um daqueles parceiros, por profissão, tinha todas as probabilidades de saber alguma coisa sobre o tal Rufino; e cometeu a imprudência de indagar.

— E qual é, exatamente, seu interesse nesse homem?

A pessoa que respondia a Hermínio com outra pergunta era um dos membros da irmandade da praça Mauá; era um dos agentes da polícia, lotado no primeiro distrito.

E houve um terceiro crime antecedente, que merece o título de *A insídia da manilha de paus*: crime esse simultaneamente inditoso e imprescindível, porque, se num aspecto arruinou a cidade, impondo a ela sua única derrota militar, por outro permitiu o resgate do seu talvez mais valioso documento, até então retido em mãos estranhas: o desaparecido mapa de Lourenço Cão.

Mas contemos o caso, como foi. Datam do período filipino os mais antigos baralhos de cartas de jogar encontrados no Rio de Janeiro. Os baralhos, por si mesmos, talvez não tivessem movido tanto o ânimo dos cidadãos. Todavia — porque fossem proibidas as casas de tavolagem onde corriam jogos —, o prazer da incerteza começou a crescer.

E a atração das cartas se tornou definitiva e irresistível a partir de 1655, quando uma onda de ciganos inundou a cidade. Foram tão propícios para o Rio de Janeiro, o Rio de Janeiro foi tão propício para eles que abandonaram, aqui, milênios de nomadismo para se fazerem sedentários.

Desprezados, por servirem às vezes de carrascos e negreiros (uma injustiça, porque não foram os únicos), os ciganos foram fundamentais em várias áreas: na domesticação de cavalos, na falsificação de moedas, na difusão dos baralhos e dos dados, na expansão das nossas artes mágicas e proféticas.

A grande contribuição cigana, no entanto, foi ter sedimentado, na cidade, a noção oriental de azar. Por isso, o xadrez passou a ser impensável, entre nós, pois é um jogo que se ganha mediante cálculos muito cansativos. Também a sinuca não é tão bem-vinda — já que a necessidade de talento e técnica a torna mais aclimatada à cidade de São Paulo.

A noção de azar é tão inerente ao Rio de Janeiro que seus principais jogos nativos são o do bicho e o do monte (que tem na ronda uma versão simplificada). São jogos proibidos e, por isso, populares — como a pernada carioca, embora esta se vincule a uma outra tradição.

Não sabemos quando, mas sabemos que surgiu entre os ciganos — e depois se espalhou pela cidade — o jogo da manilha de paus. Era também, naturalmente, um jogo de cartas. Só que logo se infiltraram, na mentalidade cigana, as concepções arcaicas dos indígenas. E, para os índios, o que se joga, na verdade, é a própria vida.

Mas passemos às regras, imediatamente: participavam um número igual de moças e rapazes, todos potencialmente desejáveis e de toda condição, salvo a de casados ou cativos (e dizem que foi essa exclusão que estimulou nos escravos a criação da capoeira).

A quantidade total dos jogadores era obrigatoriamente divisível por quatro, número de naipes do baralho. A duração era de um ano, entre uma Páscoa e outra — quando se distribuíam as cartas. Havia uma rainha, uma cigana, que era quem fazia o sorteio, usando dois baralhos rigorosamente iguais: um para os homens, outro para as mulheres; e cujas figuras, em ordem crescente de valor, eram o ás, o duque (ou dunga), o terno, a quadra, a quina, a sena, a setilha, o valete, a dama e o rei.

Durante as missas da Semana Santa, desde o Domingo de Ramos, a cigana ia entregando, aleatoriamente, dos respectivos baralhos, uma carta para cada moça, uma carta para cada rapaz. Então, normalmente já na Páscoa, ficava exposta, no alto de uma tenda, no acampamento — que ficava na altura do atual Campo de Santana, no então chamado Curral dos Ciganos —, uma carta tirada de um terceiro maço: o curinga, que definia a manilha e o trunfo.

Por exemplo, se a carta exposta na tenda fosse o terno de espadas, a figura mais forte (a manilha) seria o terno, em qualquer naipe; e o naipe mais forte (o trunfo) seria espadas. Qualquer carta de espadas, nesse caso, venceria as de outro naipe; qualquer terno, em seu naipe, venceria até o rei. Mas o terno de espadas, o curinga, não chegava a ser, nesse exemplo, a carta mais forte. Tal privilégio cabia — sempre — à manilha de paus. No caso em tela, o terno de paus.

Aqui é importante um parêntese: para as ciganas do Rio de Janeiro, os naipes do baralho representavam, entre outras coisas, as quatro virtudes masculinas. E a virtude fundamental, para elas, simbolizada em paus, era a sorte — a que associavam a malícia, a habilidade de mentir. Daí a grandeza da manilha de paus.

Logo abaixo, numa hierarquia maleável, vinham ouros — que era o dinheiro, o poder, a honra, a posse de bens materiais e abstratos, a capacidade de influir; depois espadas, congregando a força pura, a destreza ou qualquer outra qualidade essencialmente física, como a fome ou a coragem; e finalmente copas, que traduzia a elegância, o donaire, a graça, o domínio das artes e do conhecimento.

Quem me lê talvez ache incoerente a regra básica: o rapaz que tirasse a manilha de paus passava a ser o guardião, o mestre-sala, a quem competia proteger — mas sem o direito de tocar — a moça que, do baralho feminino, sorteara a mesma carta. Falei em guardião porque o prêmio máximo do jogo era justamente essa moça, a que estava com a manilha de paus.

Ainda escreverei uma novela (quem sabe um enfadonho romance) sobre essa intrigante tradição carioca. Por ora, se o leitor não é familiar do carteado, e tem dificuldade de entender as regras, siga a orientação do novelista: assista ao desenrolar da partida que começou na Páscoa de 1710 —, quando a rainha cigana virou e expôs na tenda o ás de ouros.

E bastam os movimentos de um único jogador, Fernão da Moura — mancebo, estudante, filho de um cirurgião com casas alugadas na área menos nobre da cidade, onde residia a gente forra. Esse pai era viúvo e ancião, mas sua grande tristeza fora lhe ter sido recusado o hábito de Cristo, por nódoa de sangue e defeito mecânico de seus antepassados. Fernão, é claro, não se importava com essas bagatelas.

O problema de Fernão da Moura, naquele momento, era o seu azar: tinha sido um dos primeiros varões a conseguir se aproximar da cigana; e sorteara, por infelicidade, o dunga de copas. Além de não ter pego paus, além de não ter pego o trunfo — pois o curinga fora o ás de ouros —, sua carta, o dunga, passava a ser a de menor valor, nos quatro naipes.

Entendamos o drama de Fernão: como qualquer jogador, para ganhar uma das moças, teria, primeiro, que conseguir ficar a sós com ela (lance do jogo denominado, propriamente, "curra", no calão das ciganas). Se realizasse essa proeza e apresentasse aquela carta — o dunga de copas —, estando a moça com paus ou espadas, não poderia tocá-la, porque os naipes não coincidiriam; e porque copas não era o trunfo. Se, por azar, a moça escolhida estivesse trunfada (ou seja, com ouros), teria que pagar uma pena e talvez ficasse até suspenso, temporariamente, se sua carta fosse apreendida. E se, por sorte, essa moça que ele conseguisse isolar tivesse uma carta de copas, o azar maior de estar com o dunga — naquele ano, inferior ao próprio ás — tirava dele a última possibilidade de ventura.

Só lhe restava, assim, tomar, num desafio, a carta de um oponente. Fernão da Moura, no entanto, era frio. Em vez de propor — como muitos faziam — desafios a torto e a direito, preferia analisar o comportamento dos demais. Acreditava ele, Fernão, que cada um era a sua própria carta. Os que logo propunham desafios eram, em geral, os que não tinham paus nem o naipe do trunfo. Os trunfados — únicos que podiam tentar moças de qualquer naipe — se atiravam a todas elas com avidez. Os que tinham paus — únicos habilitados a currar a manilha desse naipe — adotavam normalmente uma estratégia defensiva: porque eram, também, os que mais recebiam desafios, pois mesmo os que tinham trunfos precisavam de paus para obter o grande prêmio. Esse era um tópico essencial da regra: a manilha de paus só poderia ser currada por quem detivesse outra carta de paus.

O fascínio do jogo não estava apenas nos duelos para tomar cartas: era principalmente nas intrigas, nos arranjos, nas trapaças (se consideradas legais) que residia a arte. As mulheres, por exemplo, embora estivessem potencialmente disponíveis, tinham os seus desejos, tinham os seus namoros; e prefeririam escolher, evitando os malquistos. Fernão da Moura, paciente e frio, também as observava, particularmente para logo descobrir quem era a manilha de paus.

Assim, o primeiro passo de Fernão, no jogo, foi espionar o mestre-sala. Este jogador — cuja função era proteger a manilha de paus até o fim, quando a conquistava, ganhando o jogo — era a única personagem que devia declarar sua condição (e havia sinais combinados para tanto), sendo também a única a conhecer as cartas tiradas pelos demais (informação passada pela rainha cigana).

Era ele, também, quem arbitrava os desafios (que deviam obedecer à natureza dos naipes em disputa); e quem servia obscuramente às outras moças, naturalmente em troca de favores, nas manobras que lhes interessavam.

O mestre-sala tinha ainda o dever de anunciar, a todos, os requisitos prévios impostos pela manilha de paus. Além da posse de uma carta desse naipe, só o cumprimento de tais requisitos habilitava os jogadores a tentar currá-la (e quem ousasse isso sem uma ou outra condição era excluído do jogo). Era comum a manilha de paus instituir quatro tarefas preliminares, cada uma conforme à natureza de um dos naipes.

Naquele ano, em abril de 1710, o mestre-sala Estêvão Maia — pertencente ao poderoso clã dos Maias, e desafeto de Fernão, pois tinha sido essa família que depusera à Mesa de Consciência e Ordens contra as pretensões do velho Moura — declarou, como de praxe, as exigências prévias da manilha de paus. Todavia, em agosto, houve uma reviravolta, no jogo e na cidade: a invasão pirata, comandada por Jean du Clerc.

Morreram, na luta, quatrocentos franceses e setenta cariocas. O capitão du Clerc foi detido — não antes de provocar algumas dessas setenta baixas, entre as quais a do alferes Gaspar d'Almeida, que havia tirado o valete de paus.

Embora as trapaças, até certo ponto, fossem permitidas, o mestre-sala dificilmente aceitaria uma carta tomada de um homem assassinado, a não ser com uma boa história e ainda melhores testemunhas. Todavia, no caso de Gaspar d'Almeida, morto em batalha, a coisa seria bem mais simples: todos sabiam que o assassino fora um dos piratas; muitos disseram até que fora o próprio du Clerc. E piratas franceses, é óbvio, não jogavam.

Daí, portanto, o mistério: o irmão de Gaspar — um cadete, que no jogo tinha a setilha de ouros — fora o primeiro a ser chamado a socorrer o ferido. Não pôde fazer isso imediatamente, porque os franceses avançavam. Quando chegou, o irmão já estava morto. Sua primeira providência — para manter o sigilo do jogo — foi procurar a carta de Gaspar (que este devia obrigatoriamente trazer, como era a regra). Todavia, depois de revirá-lo, da cabeça aos pés, nada encontrou.

Ora, todos queriam saber o que tinha acontecido: ou o alferes perdera, simplesmente, a carta; ou não cumprira as regras (o que se achava muito improvável); ou houve alguma trama escusa que cumpria esclarecer. Foi quando veio a grande novidade: o mestre-sala Estêvão Maia declarou que a manilha de paus substituía as quatro tarefas preliminares por um único trabalho: que descobrissem o paradeiro, ou o detentor, do valete de paus.

A vida de Fernão da Moura — que tinha ido do inferno ao céu — voltava então ao inferno, porque era ele, Fernão, quem estava com o valete de paus. Para entendermos como, basta voltar à cena: naquela refrega, Fernão da Moura, oculto atrás dos muros de uma igreja em construção (a futura igreja do Rosário), testemunhou a morte de Gaspar d'Almeida. Como os franceses avançaram, perseguindo os fugitivos, Fernão saiu do esconderijo e foi, sem ser notado, até o corpo do alferes, não demorando a se apossar da carta.

Contava, obviamente, que tal espoliação fosse julgada legal, pois não matara ninguém e haveria testemunhas. Mas, com certo receio da reação do Estêvão Maia, demorou a notificar a ocorrência, elucubrando uma versão que não o desonrasse, que prescindisse da menção àquele esconderijo atrás dos muros.

Promulgada a decisão da manilha de paus (na qual ficava claro ter havido uma suspeita), Fernão da Moura se viu numa enrascada: pois poderiam supor — Estêvão Maia afirmaria — que ele encontrara o alferes ainda vivo; e o matara, para ter a poderosa carta.

Enquanto esperava uma oportunidade de exibir o valete com uma história convincente, Fernão da Moura foi desafiado duas vezes: uma em espadas (e ganhou, para sua própria surpresa, um jogo de argolas, numa cavalhada); e a outra em copas (derrotando o adversário em itens de gramática latina).

E a partida entrou em 1711. Naquela altura, umas vinte moças já haviam sido curradas e estavam fora do jogo (porque entregavam suas cartas aos rapazes, para o cômputo final dos pontos). Logo, por eliminação, muitos já deviam ter deduzido a identidade da manilha de paus. Fernão da Moura, contudo, não tinha dados para proceder a esses cálculos. Mas uma atitude do mestre-sala revelou de vez (e não apenas a Fernão) quem era a manilha de paus.

Estêvão Maia, que costumava ir à missa na capela de Santa Cruz dos Militares (por ser cadete e por sua família andar em querelas com os jesuítas), passou a frequentar, espantosamente, a velha igreja do Colégio, no Castelo.

Ora, também passara a ir àquela mesma igreja, naquela mesma época, violando hábitos antigos, uma formosa mocinha: Brígida, a pequena Brígida, filha do tenente Castro e Torres, aliado político do clã dos Maias.

Fernão da Moura (como outros) não teve dúvidas de que a pequena Brígida fosse a manilha de paus. Diziam as ciganas que a maior virtude, num homem, era a sorte: e a sorte de Fernão começou a virar, quando o pirata Jean du Clerc — até então detido no colégio dos jesuítas — foi removido, por suas próprias e insistentes instâncias, para a casa do tenente Castro e Torres.

Aquilo, a Fernão, pareceu um plano do Estêvão Maia: porque a casa do tenente, a casa da pequena Brígida (na verdade um palacete assobradado, com três pavimentos), ficava agora patrulhada por soldados. E mais: havia coisa espúria entre a menina e o pirata — que o mestre-sala, ilegitimamente, acobertava (porque talvez só lhe interessasse a carta da manilha de paus).

Todavia, a presença, naquela casa, de Jean du Clerc, assassino do alferes Gaspar d'Almeida, era a ocasião, para Fernão da Moura. Precisava apenas maquinar um modo de invadir o palacete.

E o filho do cirurgião raciocinou, como cigano: naquele jogo, já tinha provado sua virtude em copas; já tinha provado sua virtude em espadas. Os episódios do assassinato do alferes e o da transferência de du Clerc prcvavam seu merecimento em paus. Faltava demonstrar seu talento em ouros.

Não imaginem, contudo, que Fernão da Moura pretendesse corromper as sentinelas. Seu pai, o velho Moura, tinha casas alugadas na área menos nobre da cidade; e talvez até tivesse aquela mácula de sangue e o defeito mecânico: porque, como cirurgião, atendia de graça a muitos inquilinos — especialmente à gente forra, a membros da irmandade de Nossa Senhora do Rosário e de São Benedito dos Homens Pretos.

E Fernão da Moura pediu, a uma escrava do tenente Castro e Torres, um favor minúsculo, uma janela de água-furtada deixada casualmente aberta, onde se pudesse entrar de um telhado vizinho, sob alegação de amores.

A cena que se segue é clássica e, numa certa medida, até vulgar: Fernão da Moura, tarde da noite, armado de um punhal, depois de saltar de sótão em sótão, surpreende o pirata, nu, nos braços da pequena Brígida.

Jean du Clerc era um assassino, um inimigo da cidade; e a pequena Brígida, traidora, insidiosa e pérfida — não apenas por se deitar com um pirata, mas porque era proibido, terminantemente, às jogadoras, se entregarem a homens que não estivessem em jogo.

Assim, Fernão da Moura apunhalou du Clerc. E poderia ter currado a pequena Brígida, porque era seu direito, porque a posse simples do valete representava o cumprimento das duas condições: a do naipe de paus e a da tarefa prévia — pois diria ter descoberto a carta de Gaspar d'Almeida nos aposentos do pirata e o matara, para vingar o alferes. A pequena Brígida não seria louca de contar a verdade; e nem Estêvão Maia iria confessar a sua conivência.

Então, a pequena Brígida, que se enrolara num lençol, durante a luta, se expôs, rendida, ao vencedor. Mas não esperava aquela humilhação:

— Quero apenas a manilha de paus.

É claro que Fernão da Moura foi gentil, foi cavalheiro: reconduziu o corpo do pirata aos seus aposentos e ajudou a vesti-lo.

A história dos embuçados, em que todos, até hoje, acreditam, foi um alvitre da pequena Brígida. E, para que tudo se tornasse crível, teve que sumir com a papelada do francês. Entre aqueles documentos, estava o mapa de Lourenço Cão.

Houve uma outra ocasião em que os destinos de Baeta e Aniceto, caprichosamente, se cruzaram; e de maneira incógnita, para os dois. A cena foi, naturalmente, na Casa das Trocas. O dia, 21 de agosto, uma das quintas-feiras coletivas de Miroslav Zmuda e dona Brigitte.

A narrativa policial, propriamente dita, poderia dispensar essa passagem. Mas ela importa muito, num outro aspecto relevante do livro: as teorias sexuais do polonês confrontadas com as dificuldades opostas, nesse âmbito, pelo "problema Aniceto".

Os leitores devem ter bem na memória a disposição do andar superior da Casa das Trocas: além do salão oval (que funcionava como recepção e vestiário), havia o salão da frente, onde os convivas podiam beber e palestrar, antes de selecionar os parceiros. As duas alas laterais dispunham de quartos — que podiam ou não ser fechados por dentro. À direita ficava o quarto de espetáculos (onde vimos o desempenho de Aniceto com a Palhares e a mulher alta). E à esquerda, no salão que hoje se diz da

Música, havia uma área ampla, que podia abrigar vários casais, para relações explícitas paralelas — em que se dava menos ênfase à exibição mas se aumentava consideravelmente o risco da troca.

Mencionei que os convidados se apresentavam, preferentemente, encapuzados, à exceção dos donos da casa e das enfermeiras. Isso servia para ocultar — tanto quanto possível, ou desejável — a identidade dos participantes. Todavia, cada máscara, ou capuz, era único, e recebia a distinção de um desenho feito com fio dourado, representativo de um animal ou de uma planta, às vezes uma figura abstrata, nas laterais. Havia, assim, a torre, o tamanduá, o lírio, o beija-flor, a coroa, a espada, a espiral.

Dona Brigitte, obviamente, ordenava a distribuição aleatória dos capuzes, para promover a confusão. Dizia aos frequentadores — história que todos aceitavam — ser aquela marca apenas para referência em cada encontro específico, daí o rodízio.

Todavia, a verdadeira razão era outra: a enfermeira que entregava o capuz anotava o nome do usuário — para que o doutor Zmuda pudesse depois reproduzir em seus cadernos o comportamento preciso de cada freguês.

Naquele dia, Baeta e Guiomar (ele com a máscara do coqueiro; ela, com a da onça) tinham se deslocado para esse último ambiente. E se beijavam, muito abraçados, próximos a um outro casal, cuja mulher tinha a máscara da pomba-rola. O objetivo — como se sabe — era atraírem a mulher para Baeta, enquanto Guiomar atuava como isca. E as coisas iam nesse rumo quando deles foi se avizinhando, pouco a pouco, um outro grupo.

Eram, também, dois casais. Mas a forma como chegavam era um tanto incomum: porque um dos homens — que ia lá pela terceira vez e tinha nesse dia a máscara do diamante — parecia vir intimidando, encurralando o outro casal, particularmente a mulher — que tinha o desenho da vitória-régia e uma atitude apavorada, como se, na verdade, fugisse.

O marido, ou parceiro, a acompanhava naquele recuo, sem menção de reagir. De repente, demonstrando certa impaciência, o diamante girou o corpo da vitória-régia e a jogou de mãos contra a parede. E, levantando abruptamente a túnica, dela se serviu, como se cavalgasse, simulando inclusive chicotadas nas ancas e os puxões de rédea.

Essa movimentação tinha distraído Baeta, Guiomar e seus respectivos alvos. E ela, Guiomar, olhou detidamente o homem, que impunha de modo tão soberano a sua vontade. Nesse exato momento, ele, o diamante, retribuiu a mirada e por um rápido instante a sustentou, no fundo dos olhos da onça.

Baeta não se deu conta, porque continuava tentando conquistar a pomba-rola. Mas ouviu Guiomar pedir, imitando a posição da vitória-régia, que ele fosse cobri-la.

O coqueiro não recusaria. Mas não achou tanta graça na mudança, porque nascera para ser protagonista, tinha certa vergonha de copiar terceiros. Nesse ponto, ouviram estalar uma palmada mais forte; enquanto o diamante, mau, perseguidor, deixava as vias naturais, entrando pelo caminho que fez a fama de Sodoma. Guiomar, então, não se conteve; e implorou ao marido:

— Me bate!

Baeta, contudo, atendeu mal ao apelo: talvez não quisesse fazer a onça descer àquele nível, em público; não era aquela imagem de fêmea degradada que o fazia interessado nela; pelo contrário, o ar altivo com que recusava os outros homens provocava nele excitação maior, era o traço mais atraente da sexualidade da mulher.

O polaco, é claro, observava, de perto. E, como conhecesse profundamente seus fregueses, como tinha um interesse maior naquilo tudo, não lhe escapou a reação de Guiomar — que, num certo sentido, contradizia as tendências até então dominantes do seu erotismo.

Mas não fez de imediato uma associação daquele comportamento ao homem do diamante, que não era outro senão Aniceto. Considerou apenas o estímulo da cena em si, independentemente de seus atores.

Aniceto ainda daria, minutos depois, novos motivos de reflexão para o doutor Zmuda, porque alcançara o feito raro de produzir orgasmo na vitória-régia, por aquele meio — clímax tão intenso e tão sincero que contagiou os circunstantes, logo induzindo uma série de orgasmos subsequentes, como o da própria Guiomar.

As simbolizações, ou fantasias sexuais que Miroslav Zmuda considerava potencializadoras do orgasmo feminino — embora fossem particulares, específicas para cada indivíduo — podiam ser divididas em quatro categorias, além de uma quinta, ainda mal compreendida, denominada provisoriamente de residual.

A primeira delas — talvez a mais importante — era constituída por simbolizações da violência. Devo aqui fazer um parêntese para que o leitor assimile bem o pensamento do médico.

O polonês partia do pressuposto, ou preconceito, de que o homem, o ser humano, no seu estado natural, em sua vida tribal e primitiva, tinha uma sexualidade muito simples, muito elementar — por ser, contraditoriamente, muito livre.

Foi a civilização, com sua coerção moral, por ter elevado a família à posição de célula da sociedade, o que sofisticou o sexo.

Zmuda achava, portanto, que a proibição, a censura era o fundamento do prazer. E foi isso, essa constrição do desejo, que provocou, na história da humanidade, o desenvolvimento de certas técnicas de estimulação sexual — como, por exemplo, o beijo, quando a ênfase é a fricção lingual. E o polaco ironizava, provando que tal componente não poderia figurar, por exemplo, nas práticas sexuais de selvagens como os botocudos.

Estudando coleções de arte erótica primitiva, em contraponto com a das antigas civilizações do Mediterrâneo e do Extremo Oriente, Zmuda concluiu que a masturbação, a felação, a cunilíngue e a sodomia tinham surgido entre os povos avançados; e deviam ser contemporâneos da invenção da escrita.

Miroslav Zmuda — eslavo e ariano — era entusiasta da civilização. Chegara a defender, num daqueles artigos que eram sempre abominados, que as mocinhas virgens, no interesse da família, praticassem em suas experiências juvenis todas as modalidades altamente civilizadas (porque eram mesmo civilizadas) de sexo manual, bucal e retal, evitando a gravidez intempestiva e o constrangimento de uma noite de núpcias sem surpresas.

O grande legado da civilização, no entanto, para a sexualidade humana, particularmente a feminina, foi ter propiciado condições para expansão das fantasias. E as simbolizações da violência — a primeira das categorias de Zmuda — ilustravam isso muito bem.

Para o polaco, a mera penetração já representava em si um ato agressivo. E não poucas mulheres apreciavam movimentos vigorosos, contundentes, que as deixassem subjugadas, que se aproximassem do estupro.

Ora, era no mundo primitivo que tais cenas deviam ter sido triviais. Os selvagens, os bárbaros tratavam suas mulheres exatamente dessa forma, com a brutalidade que lhes era — segundo Zmuda — peculiar.

Assim, ao desejar, ao pretender ser tomada, sexualmente, com força, a mulher civilizada anseia, no fundo, se libertar da contenção, das peias impostas por essa mesma civilização. Era, portanto, um prazer de origem atávica. Dona Brigitte e o Rio de Janeiro revelaram ao doutor Zmuda que a maioria das mulheres tinha a nostalgia da barbárie.

As fantasias sexuais com encenações de violência — descritas pelas enfermeiras ou dirigidas por dona

Brigitte — abrangiam vasto espectro simbólico, desde as que queriam copular com os punhos presos pelas mãos do homem às que gostavam, efetivamente, de apanhar (desejo que Guiomar manifestara, surpreendentemente, na festa de 21 de agosto).

Havia as que ficavam de quatro, como alimárias (sendo quase sempre estapeadas pelo homem); ou as que preferiam humilhações verbais. Até a prática da felação ou da sodomia podia envolver um sentido, uma atmosfera de abuso e submissão feminina, particularmente na relação anal, que pressupunha, ao menos na teoria, certo grau de dor.

Em alguns casos, essa dor física, real, era necessária. E podiam ser usados acessórios, como chibatas, gargalheiras, ataduras.

Entre as vontades mais frequentes (ainda nessa esfera), estava a de serem seduzidas ou mesmo pegas por desconhecidos — em geral, homens de condição inferior, principalmente os mais fortes, mais grosseiros e mais brutos — como estivadores, marinheiros ou bandidos. A capixaba produzira diversas dramatizações com esse teor, tendo Hermínio como protagonista ou até mesmo indivíduos contratados para esse específico fim.

Mulheres adoravam se sentir prostituídas — e isso poderia ser sugerido pelo uso de vestimentas íntimas caracteristicamente obscenas ou por gestos mais diretos, como o de oferecer dinheiro. Fortunata era um exemplo extremo desse caso: quisera ser uma meretriz real (e só assim o doutor Zmuda compreendia o fato de ela ter chegado virgem à Casa).

A fantasia da prostituição era, para o médico, muito sintomática. Porque essa não era uma instituição primitiva, um costume de selvagens; pelo contrário, para ele, Zmuda, representava uma das conquistas seminais das altas culturas. Para entender essa aparente impropriedade, era preciso pesquisar o símbolo.

Com efeito, as meretrizes são, simbolicamente, pessoas para uso; e ficavam à disposição de quem as quisesse — ou pudesse — pagar. Ora, no mundo bárbaro, as mulheres estavam também disponíveis, eram pessoas para uso dos então mais fortes — que correspondem, nas sociedades hodiernas, aos que pagam.

Ficava claro que, para Zmuda, as simbolizações da violência incluíam o que se poderia denominar violência moral, ou humilhação; ou seja, toda situação em que as mulheres se colocassem num nível abaixo, sucumbidas, em relação ao homem.

Uma das fantasias que — por oposição — ratificava essa ideia era a das mulheres que preferiam mandar, ou agredir. Para o doutor Zmuda, constituíam perigosas personalidades vingativas: eram mulheres que se vingavam da sexualidade bárbara, invertendo os papéis.

E a maior prova disso era o fato de, quase sempre, não permitirem a penetração — pois quem penetra é quem domina. Mulheres que exibiam os pés a seus adoradores agiam assim; do mesmo modo, as que espancavam ou humilhavam machos.

Provavelmente, pensava Zmuda, o secretário não penetrara Fortunata, no dia fatídico do crime.

A primeira das mulheres mortas apareceu no morro do Pinto, no lugar ainda conhecido como rampa do Nheco, num sábado, 13 de setembro — oficialmente na madrugada do dia 14, uma vez que, no calendário carioca, o dia só começa quando nasce o sol.

A polícia foi notificada no domingo, por conta do escândalo que fazia a mãe da vítima: moça de seus quinze anos, que — tendo saído, ou se evadido de casa, na rua Senador Eusébio, para se meter num samba de malandros, no dia 13 — não voltara até a manhã seguinte. Uns estivadores parece que reconheceram a finada e só então chamaram a mãe.

Essas foram as primeiras complicações: o corpo tinha sido removido ainda de madrugada, por volta das quatro horas, do local da ocorrência para a entrada da igreja de Santa Teresa, uma das relíquias da cidade, edificada no cume do morro, por volta de 1760. Foi ali, diante daquele monumento, que três ou quatro rezadeiras velaram e guardaram a moça, até chegarem as autoridades.

É necessário mencionar dois fatos bem contraditórios: primeiro, todas as pessoas que a polícia ouviu, nesse percurso, entre a sede do primeiro distrito, na praça Mauá, e o alto do morro do Pinto, onde ficava a igreja, só falavam em homicídio, embora sem qualquer evidência ou testemunho direto.

Todavia, segundo o laudo médico-legal, a moça morrera por "cessação total da vida" — expressão que, embora pleonástica, queria dizer que não tinha havido acidente, nem suicídio e, muito menos, assassinato: era um mero caso de morte natural.

Essa morte, no entanto, não deixou de surpreender os legistas: além de ter esperma no duto vaginal (atestando cópula recente), o cadáver preservava tal contratura nos músculos da face, no esfíncter, no quadríceps, e nos glúteos — que ela parecia ter sido imobilizada, mumificada até, no instante do êxtase. Porque era exatamente essa a impressão: o rosto imortalizava o ricto do orgasmo — que nem as rezadeiras ousaram disfarçar, mantendo abertas as pálpebras da morta.

Mas não havia ferimentos, os exames toxicológicos foram negativos e nem poderia ser aventada a hipótese de homicídio por sufocação (com o clássico emprego de uma almofada, por exemplo): porque aquele êxtase facial não permitia.

É importante que isso fique claro: a obscenidade daquele semblante era incompatível com a expressão de quem estivesse pressentindo (e necessariamente estaria, num caso de assassinato) a aproximação do fim.

E mais: aquilo desafiava todas as leis tanatológicas conhecidas, porque — mesmo passadas mais de vinte e quatro horas da cessação da vida — os músculos já mencionados permaneciam rígidos. Um dos legistas diria algo muito contundente, dilacerante até, para a mãe: que a filha tinha morrido com prazer.

Quando o perito Baeta recebeu as primeiras informações sobre o caso, mesmo antes do laudo, desistiu de analisar a cena do possível crime: não apenas porque fora violada, com a remoção do corpo; mas porque, principalmente, a morte acontecera no famoso muquiço do Jereba.

Vale interromper a narrativa para explicar o que é, precisamente, um muquiço. Mesmo os melhores dicionários grafam erroneamente o termo, com "o", e o dão como sinônimo de casebre. Na verdade, o sentido tem muito pouco a ver com o aspecto da habitação que constitui o muquiço. É antes a função da casa, em seu meio, que a conceitua como tal.

O muquiço, aliás, é a negação, em si, da própria ideia de casa: porque é uma casa de portas abertas, uma casa onde todos podem entrar. Se as casas, as residências, se definem como espaços íntimos, o muquiço alcança a contradição suprema de abrigar a intimidade pública. É importante também que não o confundam com o cortiço ou a casa de cômodos — no muquiço, nenhum espaço é privado, por mínimo que seja.

Circunstancialmente, por razões históricas, os muquiços foram e são ainda casas pobres. Embora deva ter surgido no plano do asfalto, foi nos morros do Rio de Janeiro que a instituição se desenvolveu. E nenhum caso é mais emblemático que o do muquiço do Jereba.

Jereba tinha alugado a casa, inicialmente, ali na rampa do Nheco, para fazer dela residência e, simultaneamente, a sede do seu sonhado Rancho das Morenas. Era uma casa espaçosa, até, embora rústica. Todavia, como o destino lhe vedara o trabalho, Jereba teve dificuldade em cumprir com os aluguéis.

Foram os vizinhos, os amigos, os companheiros de copo que o ajudaram a manter a casa. Não houve, nessa ajuda, nenhuma intenção implícita. Mas a generosidade experimentada assim, de forma tão espontânea, fez Jereba ir franqueando a casa, cada vez mais, até que ela se tornou, definitivamente, um muquiço, com portas permanentemente abertas.

À noite — estando ou não Jereba em casa — o muquiço era frequentado por casais que iam lá praticar amores proibidos. Não havia troca; não havia orgia. Diferia, nesse e em outros pontos, do estabelecimento comercial concebido por dona Brigitte e o médico Zmuda.

Os pares do muquiço tão somente aproveitavam a impermeável escuridão do ambiente (Jereba não tinha, em casa, nada que fizesse luz) para se esconderem. E muitas vezes aconteceu de estarem, no mesmo momento, marido e mulher com seus respectivos amantes, sem que soubessem cometer o mesmo crime dividindo o mesmo espaço.

Baeta — que conhecia o muquiço desde os treze anos — sabia que, removido o corpo da posição original, era inútil colher impressões digitais ou outras evidências. Primeiro, porque poriam sob suspeita centenas de pessoas; segundo, porque nem mesmo eventuais testemunhas, mesmo aquelas que ousassem confessar terem estado no muquiço, não conseguiriam apontar o companheiro da menina morta. E o laudo dos legistas — que atestara morte natural — foi o ponto final da história toda.

No primeiro distrito, contudo, esse desfecho foi recebido com animosidade. Havia ali uma forte resistência ao pessoal da Relação, desde o episódio da soltura de Rufino, por ordem do chefe de polícia (e vale lembrar que os acontecimentos ora narrados são anteriores à conversa entre Baeta e o delegado, no Hans Staden, que transformou a antipatia em guerra). Assim, na praça Mauá, procuravam contrariar todas as opiniões emanadas dos gabinetes técnicos.

Por isso, os agentes continuaram incitando a mãe contra o pessoal da Relação, além de rondarem a área, perguntando, interrogando, querendo saber quem vira a moça e com quem ela estivera, antes de entrar no muquiço.

Sobre esse ponto — o parceiro da morta — ninguém disse nada, embora talvez até o conhecessem. Mas os menos tímidos, as pessoas ousadas que podiam confessar terem estado no muquiço insistiam num detalhe: que a finada gemera anormalmente, durante todo o ato, dando no fim um grito tão lancinante — nunca antes ouvido, naquele tom e naquela intensidade — que todos se calaram e se aquietaram, para admirá-la.

E o que se seguiu, então, foi um silêncio total, absoluto. E logo após uma voz de homem que sussurrava alguma coisa, como se quisesse despertar alguém — homem que, na sequência (os ruídos indicavam), se levantou e foi embora. Foi Jereba quem encontrou a moça, quando todos tinham já saído.

Foi o grito, foi aquele grito — apesar de o corpo não exibir nenhuma marca de agressão — que fez todos afirmarem se tratar de assassinato.

O leitor certamente se lembra que, no dia 11 de setembro, na Casa das Trocas, Baeta reconheceu ser Aniceto o novo amante da viúva Palhares; e que ficou bastante perturbado não apenas com o êxito do capoeira diante da plateia, mas principalmente com um certo olhar de Guiomar, relanceado sobre o rival, quando este saía de braço dado ao da viúva.

A crise, na verdade, começara duas semanas antes, quando pela primeira vez Guiomar expressou aquela vontade, aquela veleidade de apanhar, a que o marido mal correspondera.

Mulher fascinante, a Guiomar do perito Baeta. Não apenas por ser bonita, por ter aqueles grossos tornozelos; mas porque era muito sexuada, muito atiçada, num nível extremo da concupiscência, nos limiares da libertinagem. Simultaneamente — e talvez por isso — era fiel, até no pensamento: e já descrevi como operava a fantasia do casal Baeta, na Casa das Trocas.

Guiomar não trabalhava fora. Mas tinha amigas — comadres e vizinhas — que a visitavam, e amenizavam o tédio, a imprevisibilidade da vida de que consiste a rotina da mulher de policial.

Mulheres falam muito sobre sexo, quando estão sozinhas, entre elas: e não eram diferentes, as amigas de Guiomar. Tais assuntos, é claro, alimentavam coisas; e costumavam passar de alguns limites, quando certas excrescências eram confessadas — como se o ato de narrar fosse a compensação do desejo irrealizado.

Uma das comadres, por exemplo, numa tarde em que passavam juntas, depois do dia 21 de agosto, contou que tinha a ânsia de se dar a um homem célebre, rico, louro e alto, que soubesse falar francês (idioma que ela mesma ignorava). Ela, para ele, seria apenas uma desconhecida a mais. Mas estaria vestida com as roupas íntimas mais excitantes, mais rendadas, como uma dama dos cabarés.

E ele viria, falando o seu francês incompreensível, posto no mais luxuoso fraque do tempo, para tomá-la, sem se despir, pondo para fora tão somente o órgão necessário. E ela alisaria o fraque, fruiria a majestosa textura do pano caro, e sentiria o verniz dos sapatos na sola nua dos pés.

E eles chegariam ao êxtase, sem uma gota de suor, sem que se esvaísse o aroma das essências importadas.

E uma segunda vizinha emendava enredos mais simplórios: queria ser surpreendida, pelo marido, enquanto se masturbasse; ou quando estivesse dormindo, falando nomes de terceiros. E que o marido ficasse muito zangado e a tratasse com aspereza, no dia seguinte — sem contudo comentar o incidente.

Guiomar, que era sempre a mais calada, que só dizia o que não pudesse ser considerado extravagante — embora fosse a única que realmente praticasse bandalheiras —, nesse dia foi além:

— Eu gosto mesmo é de homens fortes.

E era forte, o perito Baeta. A declaração (que revelava pouco, como sempre) não espanta, por Guiomar andar querendo levar umas palmadas: e que seriam do marido, como pensaram as vizinhas, já que ele era o único homem das fantasias dela. O que a frase tem de novidade, em Guiomar, é o plural sutil, que passou despercebido.

E logo depois, por conta dessas mesmas conversas, uma comadre — que estalava de paixão — pediu a companhia secreta de Guiomar, numa visita proibida a uma velha quiromante da rua das Marrecas. Nem eu — que escrevo o livro — sei explicar por que exatamente Guiomar entrou, para se consultar, depois da outra.

Dizem que os adivinhos em geral — quiromantes, cartomantes, necromantes, áugures, astrólogos, cabalistas, babalaôs, videntes, profetas, caraíbas, pitonisas, vates e pressagos — têm o dom de prever o futuro. Ninguém discute, hoje, a validade do conceito de destino, de que existe mesmo uma linha da vida, anterior ao tempo, para cada indivíduo.

Todavia, no Rio de Janeiro (e isso permanece um mistério da cidade), nenhum adivinho prevê, os adivinhos nunca previram, nunca anteciparam eventos vindouros. Fazem coisa maior: modificam o destino, alteram o curso dos caminhos das pessoas que consultam. É antes um jogo; não um vaticínio. Joga quem arrisca; quem quer mudar o rumo da existência, sem saber qual seja.

E Guiomar ouviu, com a palma das mãos abertas, diante daqueles olhos quase cegos, mas que enxergavam certo traço, bem distinto, num daqueles sulcos:

— Sobre a linha da vida, uma cruz; ao lado dela, cinco linhas: duas em cima, três embaixo. Você está prestes a trair o seu marido.

Era, francamente, um desaforo. Guiomar deixou o cubículo, arrependida de ter entrado, de conceder à curiosidade; e largou, descrente, dez mil-réis na cestinha de vime, que esperava, sobre o aparador.

Mas o 11 de setembro viria depois; e Guiomar — esquecida do presságio — sustentou por uns segundos a mirada em Aniceto (sem saber quem fosse aquele homem que passava, sobranceiro, de braço com outra mulher). Foi talvez o terceiro sintoma; ou efeito das palavras da quiromante da rua das Marrecas.

E tudo ficou patente no sábado seguinte, quando estavam em casa, no Catete. Guiomar tinha se posto linda; e oferecidíssima, de bruços, quase nua. Baeta se aproximou, mais ou menos como fazia sempre, com aquele ar de homem, pronto a tomar o que era dele. E ela, então, com leve esquiva, perguntou, apontando para o próprio corpo, como quem vende uma mercadoria:

— Paga quanto, por isso tudo?

O perito não entrou na brincadeira; e ela insistiu:

— Quanto me dava, se eu fosse uma mulher da vida?

Baeta — bom amante, homem experiente — não refugaria, se aquela fosse outra mulher. Mas era, irreversivelmente, Guiomar. Sentiu naquela hora que perdia alguma coisa. E intuiu (e não me peçam para dar razões) que aquele inédito comportamento tinha a ver com o 11 de setembro.

E tratou mal a mulher; e não a fez feliz — o que é, no macho, um crime grave. E quando ela, já sem lágrimas, se aprontou — excitadíssima — para a festa na Casa das Trocas (na outra quinta-feira, dia 18), o perito foi ainda mais grosseiro, dizendo secamente que não iriam. Mesmo assim, nessa madrugada, foi ela ainda, Guiomar, quem provocou a conciliação:

— Bate! Pode bater!

Bater, numa mulher, é uma arte. E Baeta, dessa vez, até tentou. Não era força que faltava: era atitude.

No dia seguinte, ao fim do expediente, o perito Baeta — que amava, de verdade, Guiomar — remexeu em peças respeitantes ao serviço da perícia, que ficavam num armário pesado e confidencial, de que só ele tinha a chave. Nem todos os objetos recolhidos na cena do crime da Casa das Trocas eram evidências significativas e indispensáveis para identificação do homicida. Então, para aplacar a volúpia da mulher, numa decisão impetuosa, levou com ele, para casa, no Catete, o chicote de cabo de prata.

Outra das histórias fantásticas, que influenciaram o reencontro de Baeta com seu mundo primitivo, aconteceu no morro da Formiga. O caso teve fama, em toda a zona norte; e — se fosse um conto independente — levaria o nome de *Encruzilhada na ladeira do Timbau.*

Não existe mais, na Formiga, a ladeira do Timbau. Antigamente, no começo, era sinistra, essa ladeira. Terminava nos confins do morro, numa encruzilhada sem saída, deserta, sombria, abandonada, assombrada pela memória triste de pessoas que iam lá para morrer. Era também, a encruzilhada, um lugar para despachos.

A história envolve principalmente duas personagens: o Tião Saci — encrenqueiro, quizumbeiro, alcoviteiro, morador no Querosene; e o Lacraia — jongueiro, batuqueiro, macumbeiro, nascido e criado na serra de Madureira, tendo mudado para a Formiga por conta de uma mulher, Deodata, a Deó, a Datinha, que ofereceu casa própria.

Chamar o Tião de Saci, no fundo, era maldade: Tião tinha as duas pernas, embora fosse manco e sungasse do pé esquerdo. Não era pessoa querida, não era pessoa estimada. Mas também não era mau. E, nas andanças que fazia pelos morros, conheceu a casa da Deó.

É mentira grossa dizer que Tião Saci foi na Datinha por causa dela: tinha escutado histórias sobre o jongueiro Lacraia; e entrou lá procurando o homem.

Quem conhece sabe que jongo é feitiço, é dança de fundamento. Um verso de jongo nunca diz o que diz: é sempre uma mensagem cifrada, que mesmo um bom jongueiro pode não compreender. Na roda de jongo, quando alguém amarra um ponto, esse ponto (que é um verso) só deixa de ser cantado se um outro o desamarra — ou seja, se o interpreta. E é por isso que se chama, propriamente, "ponto", na acepção em que é sinônimo de "nó".

Lacraia, que já havia nascido mole de corpo, desamarrava um ponto atrás do outro, na serra de Madureira. Conhecia os subterrâneos dos vocábulos, enxergava o que existia por trás deles. Era um talento de nascença, uma herança recebida dos espíritos antigos.

Os leigos se impressionam muito com objetos esotéricos, fetiches, ritos e símbolos místicos, imagens demoníacas, animais sacrificados. Ignoram que a verdadeira magia é a fala, a linguagem humana.

Por isso, tendo sido o jongueiro que foi, tendo dominado o segredo da palavra, Lacraia também se tornou uma porteira. Fiz toda essa volta para dizer uma coisa simples: na casa da Deó, nos fundos, no quintal, construíram um barraco, onde o Lacraia incorporava uma entidade tenebrosa.

Antes do célebre pronunciamento do caboclo Sete Encruzilhadas, que se deu no interior de São Gonçalo, em 1908, e codificou algumas leis da jira, os espíritos de umbanda eram todos anônimos. Não sabemos, portanto, quem descia exatamente no corpo do Lacraia.

Mas, se para o Sete Encruzilhadas nunca houve caminhos fechados, para a entidade do jongueiro havia a linha contrária, menos de abrir que de trancar caminhos.

E Tião Saci foi muitas vezes lá, na Datinha, consultar o desencarnado que baixava no Lacraia. Embora continuasse manco, sungando do pé esquerdo, resolveu muitos perrengues, o Tião Saci. Só que tudo tem seu preço.

E houve um dia, uma noite, em que estavam os três no barraco dos fundos. Dou os detalhes: estavam Tião Saci, Deodata e o desencarnado — porque o Lacraia, propriamente dito, tinha a alma suspensa, totalmente inconsciente do que se passava. A Datinha era cambona; e municiava o espírito com o que fosse necessário. Tião Saci, arreganhado no chão, ouvia:

— Toma cuidado com o meu cavalo.

O tom sepulcral da advertência, vinda de entidade tão terrífica, apavorou os dois safados.

— Meu cavalo já manjou vocês.

Era, portanto, verdade o que andavam rosnando na Formiga: Tião Saci se enrabichou pela Datinha — no que foi correspondido. O que espantava, o que repugnava não era só o fato de o Tião mancar (tendo Lacraia aquele jeito tão maneiro de gingar o corpo); era a traição portas adentro, na casa, no quintal de um benfeitor.

Tião Saci, no entanto, tinha a consciência limpa: não devia nada ao Lacraia, mas ao desencarnado. E foi a própria entidade quem o preveniu:

— Ele vai querer te armar uma cilada. Lá em cima, na encruzilhada da ladeira do Timbau.

E disse o dia, disse a hora, disse como — já que o porquê era sabido. Mas a menção à ladeira deixou Deó em pânico. Era um lugar muito macabro; e ela pressentiu certa desgraça. Olhava para o desencarnado, mas via o rosto do Lacraia, congestionado, contorcido, irreconhecível. Há muito tempo era cambona; mas nunca ouvira dizer de nada assim. E, num certo sentido, a maneira como o desencarnado tratava o próprio cavalo — advertindo um inimigo que ele, cavalo, tinha legítimo direito de matar — dava a ela absolvição da culpa. Deodata acabara preferindo o passo troncho do Saci, contra o molejo do jongueiro.

O conhecimento representa, sempre, uma vantagem: Datinha sabia que Lacraia não sabia que ela já soubesse. E percebeu como ele ficava cada vez mais impaciente, em relação a ela; e sonso, com o Tião Saci. Pouco tempo depois, Deó pegou um fio de conversa entre os dois homens. E foi sondar, no dia seguinte, com o amante.

— Pediu para ir com ele, na ladeira do Timbau.

O auxílio se justificava: Lacraia ia dar um bode na encruzilhada; e precisava de alguém para segurar o bicho. Tião Saci era manco, mas tinha força nos braços. O problema era a data e a hora — que coincidiam com a denúncia do desencarnado. Aliás, o espírito falara em ferro: o mesmo que sangraria o bode estaria destinado a ele, Tião Saci.

Datinha disse para o manco se esquivar, fingir um outro compromisso. Mas o homem tinha brios; e planejou uma segunda traição.

No dia aprazado, Tião Saci, com um revólver de empréstimo (coisa difícil de se conseguir, naquela época), bateu palmas na porta da Deó. Lacraia apareceu — mas disse que Datinha estava passando mal, que iria se atrasar. Foi a deixa: Tião Saci, intuindo que a mulher fingia para facilitar a emboscada, se prontificou a ir adiantando as coisas, carregando o alguidar, o facão, as velas, a cachaça. Só não aguentaria arrastar o bode até aqueles cumes, por conta do miserável defeito.

Lacraia concordou. E o outro subiu. A encruzilhada do Timbau era terrível, porque — já mencionei — dava para becos sem saída. E, àquela hora, o silêncio era tão grande, a escuridão era tão absoluta, que Tião Saci teve medo de errar o tiro.

Assim, precavido, decidiu jogar o facão no mato, para evitar qualquer destreza inesperada do Lacraia. Entrou, então, por um dos becos, tateando, até o fim; e lançou, o mais longe que pôde, por cima da pedreira, o ferro que executaria o bode e, depois, provavelmente, ele mesmo, Tião Saci.

Quando voltou, era a hora e o lugar.

— Põe o dinheiro no chão; e desce, sem virar a cara.

Tião Saci não distinguiu o vulto, mas deduziu de onde vinha a voz — que não era, com certeza, a do Lacraia. Como não sabia quem fosse, como não soubesse do que se tratava, fez um movimento sutil, com a mão direita, no sentido da cintura, onde estava a arma.

O desconhecido, porém, atirou primeiro.

Mais tarde, a própria Datinha, a própria Deó — mesmo tendo conseguido reter o marido em casa, grande parte da noite — espalhou que tinha sido um crime, urdido pelo espírito pérfido do ardiloso Lacraia.

Na Formiga, contudo, corria o ditado de que Deus é o Diabo de costas. Logo, não acreditaram nela. Eram pessoas já habituadas ao trato com desencarnados. Sabiam que coisas estranhas acontecem — principalmente num lugar ruim daqueles, numa encruzilhada, numa ladeira como a do Timbau.

Estamos, agora, a poucos dias do fim. Este é, naturalmente, o ponto em que a narrativa se precipita e os acontecimentos se embaralham, sendo melhor técnica dispor os fatos em ordem cronológica, salvo num ou noutro caso, para não prejudicar, não frustrar o grande efeito da última revelação.

Minha dificuldade (como autor) é escolher o primeiro incidente a ser referido, dentre os três ocorridos entre 7 e 9 de outubro — todos atinentes à crônica policial da cidade.

Comecemos, de maneira fortuita, pela segunda mulher morta. Dessa vez, não era uma mocinha pobre, mas uma senhora, estabelecida no comércio da rua do Ouvidor. Foi achada na própria loja, despida, no chão do segundo pavimento, onde ficavam mercadorias e um pequeno escritório. Tinha aquela mesma expressão orgástica e a mesma intrigante característica: o esfíncter, os glúteos, os músculos das coxas e das faces mantinham o estado de rigidez cadavérica — mesmo passadas mais de vinte e quatro horas do óbito.

Não havia sinais de ferimento, no corpo. E nem de arrombamento, na loja — de onde nada foi roubado. Também não foi possível encontrar testemunhas: ninguém viu nem ouviu nada, nos prédios vizinhos.

Sabiam que, por ser francesa, tinha um amante, mesmo nas barbas do marido. O amante era um desses vagabundos, um desses capoeiras, que se apresentou, três ou quatro meses antes, na loja, se oferecendo como uma espécie de leão de chácara, para dar principalmente proteção contra ladrões. Conquistou o "emprego"; e, pouco depois, a empregadora. É claro que falamos de Aniceto, de madame Montfort e de La Parisienne.

Todavia, a cena do crime sequer foi periciada — porque não houve, tecnicamente, homicídio; e porque achar digitais ou outras evidências da presença de indivíduos que pudessem entrar no estabelecimento sem arrombá-lo (como Aniceto ou o marido) não levaria a muita coisa.

Os legistas imaginavam que as duas mulheres — a moça pobre e a dama rica — deviam ter ingerido alguma espécie de droga, capaz de provocar aquele surpreendente sintoma; mas, como se tratasse talvez de substância desconhecida, os exames toxicológicos foram inconclusivos.

Infelizmente, os médicos do Rio de Janeiro andavam ainda presos às superstições da ciência, e — embora persistissem na cidade velhas crenças africanas e nativas; e houvesse ainda muitos curandeiros, que vendiam garrafadas e outros preparados — todo esse conhecimento milenar de manipulação de ervas, folhas e raízes deixou de ser incorporado ao cânone aceito oficialmente, o que limitava a ação da perícia técnica.

Assim, as atenções se voltaram para outra direção. Porque estourava, paralelamente, um grave escândalo nos círculos policiais — quando já não foi possível abafar a notícia do desaparecimento de um comissário e dois agentes lotados no primeiro distrito. O delegado foi chamado a declarar por que não referira o caso a seus superiores e deu explicações muito a contragosto: que preferira agir secretamente, que a mera comunicação do fato provocaria — como estava provocando — todo aquele alvoroço que só fazia pôr em risco o sucesso da investigação.

Na chefia da polícia, contudo, o assunto foi tratado como de extrema gravidade — principalmente depois de o perito Baeta, no dia 9, ter ido pessoalmente ao gabinete do chefe denunciar atitudes estranhas de policiais da praça Mauá e informar que sua residência, uma casa térrea, de beira de rua, que ficava no Catete e tinha janelas e portas verdes, havia sido roubada.

Ele mesmo, Baeta, surpreendera o agente conhecido por Mixila, que parecia observar sua casa, num domingo. Atravessou a rua e foi lá interpelar o homem, ouvindo uma evasiva e um desaforo, como resposta — depois do que Mixila se afastou.

Não tomou nenhuma providência, então, porque não concebera ousadia de tal calibre. Isso era, claro, uma acusação direta. E reforçava a convicção do perito a circunstância de não haver — ele próprio fizera a inspeção — marcas digitais diferentes das dele e da mulher na janela arrombada e nas gavetas da cômoda, que foram reviradas e de onde retiraram uma caixinha de joias de Guiomar e alguma economia.

Com efeito, no Rio de Janeiro, em 1913, quase ninguém tinha ideia do que fosse datiloscopia e nem da revolução que tal técnica representava para a criminalística. Só policiais seriam capazes de cometer um crime como aquele sem deixar vestígios: porque, provavelmente, usaram luvas.

Esses fatos foram suficientes para desencadear, na polícia, uma verdadeira crise institucional. O perito só deixou de mencionar que, entre os objetos roubados de sua casa, estava o chicote de cabo de prata — uma das evidências do crime da Casa das Trocas.

A segunda categoria proposta pelo doutor Zmuda compreendia as simbolizações da infidelidade. É importante distinguir aqui — como fez o polaco — o adultério resultante da insatisfação (quando o parceiro original é desprezível ou sexualmente incompleto) da fantasia adulterina propriamente dita — que é um elemento necessário, constitutivo, da relação primordial. As fantasias da infidelidade — como se percebe — pressupõem essa relação primordial, sem a qual não teriam sentido.

Zmuda distinguiu, entre as mulheres que fantasiavam a infidelidade, dois grupos distintos, quase incomunicáveis. As primeiras eram aquelas que queriam aproveitar desse prazer secretamente — porque ter um segredo, carregar no íntimo um crime oculto, lhes dava, naturalmente, uma sensação de poder. São as mulheres que traem por gosto, porque é isso que as excita.

Embora o doutor Zmuda não se debruçasse tanto sobre simbolizações masculinas, tinha dados e podia compará-los. Segundo o médico, homens infiéis alegavam muitas vezes procurar outras mulheres apenas para fugir à rotina, para variar. Não era o caso das adúlteras. As fantasias femininas, nesse âmbito, eram até bastante elaboradas.

Em geral, envolviam lugares, parceiros ou circunstâncias muito específicas: mulheres que contavam ficar, fortuitamente, a sós, em casa, na companhia de estranhos ou de pessoas proibidas; que queriam seduzir moços imberbes ou varões fardados; que se deixariam facilmente seduzir por qualquer grande dançarino (gênero de artista a que dona Brigitte atribuía o maior poder de sedução);

que sonhavam com uma praia deserta ou as sombrias alamedas de um bosquedo; que imaginavam conhecer alguém, durante uma viagem, numa cidade aonde não iriam mais voltar.

Embora se possa dizer que a noção de ciúme tenha existido desde sempre — e os primitivos, às vezes, brigavam pela posse de mulheres —, foi com a civilização que o adultério ganhou uma sanção moral rigorosa, definitiva. Assim, a fantasia da infidelidade, nas mulheres, ou melhor, nesse primeiro subconjunto de mulheres, era também decorrente de uma nostalgia da barbárie.

Mas havia o segundo grupo de infiéis. Esse era formado por aquelas que traíam diante dos parceiros, na frente dos maridos. As festas de casais, na Casa das Trocas, eram o território onde essa modalidade se expandia. E eram muitas variações. Havia a permuta simples, quando o prazer era o de trair e ser traído — prática essa de pessoas ponderadas, com grande senso de justiça.

Havia as que preferiam ser o centro das atenções, fazendo questão de serem vistas pelos cônjuges (do que Baeta costumava se aproveitar). Essas eram mulheres de dois tipos: as que queriam humilhar o esposo — porque gozavam com um outro na frente dele. E aquelas que, fazendo a mesma coisa, passavam um outro recado: que elas eram as mais sedutoras, as mais interessantes, as mais cobiçadas, as mais selvagens, as mais sexuais; que os maridos deveriam, sim, ter orgulho delas e de si próprios; porque elas experimentavam todos, levianamente, passageiramente, mas era a eles que acabavam preferindo; porque eles é que eram os melhores. Curioso, como o mesmo tema podia ser compreendido de maneiras tão antagônicas.

E não faltavam aquelas que queriam estar com dois; ou mais que dois: eram as devassas, poderosas, ninfômanas, canibais, devoradoras de machos, que encarnavam o primitivo mito da vagina dentada.

Numa variante dessa simbolização, havia as que queriam estar no meio de um casal ou mais casais. Até o ponto em que o polaco denominava orgia plena: todos com todos, com troca ininterrupta de parceiros.

O que Miroslav Zmuda considerava interessante, nas fantasias grupais (além de embaralharem várias categorias, como, por exemplo, no caso de uma mulher e dois homens, violência e infidelidade), era não se tratar de uma nostalgia da barbárie.

Embora os primitivos fizessem coisas incríveis — como ceder, emprestar, raptar ou estuprar mulheres —, a sexualidade humana era, normalmente, privada. Sempre houve o sentido do pudor — e as orgias, quando existiam, estavam ligadas a ritos muito particulares e excepcionais.

O doutor Zmuda só conseguia enxergar um paralelo a essas fantasias orgíacas: o comportamento dos animais — esses, sim, totalmente desprovidos da noção de vergonha. E essa era a terceira das categorias reconhecidas pelo médico: a das simbolizações da indiscrição, ou da publicidade.

As orgias, as trocas de casais, as relações a três eram fantasias compósitas, simbolizando ao menos indiscrição e infidelidade, às vezes também violência. Mas havia a forma pura dessa categoria: mulheres que gostavam de ser observadas, durante o contato sexual.

Uma cena era clássica: a mulher, na alcova, com seu marido, que percebe, ou vê passar, uma criada, ou um primo; pessoa essa que os observa, pelo vão de cortinas entreabertas. Ou uma coisa mais ousada: uma moça, por exemplo, que se deixasse ver, enquanto se despisse, fingindo ignorar o observador. A fantasia da indiscrição comporta também atitude ativa: como, por exemplo, a da criada, na cena referida antes.

As três primeiras categorias de simbolizações estabelecidas por Miroslav Zmuda diziam muito sobre a natureza da sexualidade feminina: tais fantasias constituíam movimentos para baixo, eram movimentos de queda. Consistiam, na verdade, de impulsos involutivos, contrários à civilização: ou eram um retorno à selvageria; ou uma reintegração ao reino animal.

O morro do Castelo, no Rio de Janeiro — onde se levantaram a primeira matriz, o primeiro colégio, a primeira cadeia e o primeiro armazém —, foi também o local para onde se transferiu o padrão, o marco de fundação da cidade, em 1567.

Como se sabe, o Rio de Janeiro foi fundado em 1565, já com estatura de cidade, quase no meio do pântano, entre os morros Cara de Cão e Pão de Açúcar.

Depois da guerra, em que os temiminós venceram os tamoios, e Estácio, o fundador, foi ferido mortalmente, Mem de Sá ordenou que os cidadãos migrassem para o morro do Castelo.

Esse traslado, pela natureza do símbolo materializado no padrão, significa muito mais que uma mudança de sítio: significa fundar de novo; fundar uma cidade nova — homônima e homotópica.

E o morro do Castelo teve insólito destino. Parcialmente demolido em 1905, durante as obras da avenida Central, foi definitivamente arrasado em 1921, na administração do prefeito Carlos Sampaio, sendo que parte do seu entulho serviu para aterrar os alagadiços da cidade primitiva, entre o Pão de Açúcar e o Cara de Cão.

O Rio de Janeiro é, assim, talvez a única cidade, em todo o mundo, fundada duas vezes; cujo túmulo do fundador foi violado duas vezes; e que destruiu, num mesmo gesto, a paisagem original de seus dois sítios de fundação.

Muita gente, por isso, acusa Carlos Sampaio de ter sido um traidor da pátria: porque, com o pretexto de abrir uma esplanada para a grande exposição do centenário da Independência, quis na verdade aproveitar melhor a brisa marinha, além de remover os pobres — que, então, eram a maioria da população habitante do Castelo.

Para mim, todavia, Carlos Sampaio foi um místico: primeiro, porque — ao destruir os sítios de fundação — ratificou a condição atemporal do Rio de Janeiro, cidade que existe desde sempre, não apenas a partir de 1565. Segundo, porque — arrasando o morro do Castelo — provava acreditar e estar atrás do mais que legendário tesouro dos jesuítas.

É curioso perceber que a fama de um tesouro sempre ofusca a de seus predecessores. Embora tenha havido certa febre nessa busca (e Lima Barreto escreveu muito sobre isso), o tesouro de Rufino, a fascinação crescente pelo tesouro de Rufino fez morrer a velha lenda jesuíta.

Talvez seja esse o mistério, a estratégia dos espíritos tutelares de riquezas: a iminência do achamento de um tesouro faz reverberar a história de um tesouro novo. E o de Rufino teve precisamente essa função.

Por isso, os agentes, comissários e o próprio delegado do primeiro distrito estavam obcecados pelo feiticeiro; e, desde aquela reunião no velho botequim da esquina do antigo beco dos Cachorros, decidiram montar a operação de caça.

Como suspeitassem de que o esconderijo do tesouro estivesse no cemitério dos Ingleses, a primeira vítima foi, naturalmente, o capitão dos coveiros. O homem foi agredido e ameaçado; e, durante quase todo o mês de julho, profanou túmulos e revolveu todo o chão do cemitério.

Foi extenuante, o trabalho, porque toda tumba remexida, todo buraco aberto, de noite, tinha que estar restaurado, sem sinais de violação, de manhã: o capitão morreria, à menor suspeita que se levantasse.

O velho, por sua vez, pareceu ter adivinhado que a coisa se voltaria contra ele. Assim, deixou de ir ao cemitério dos Ingleses; deixou, aliás, de ir aos outros cemitérios da cidade, como era seu costume. Manteve apenas a rotina, fazia só os pontos conhecidos: ladeira da Misericórdia, largo da Lapa, igreja do Rosário, Pedra do Sal. Vendia lá suas rezas, suas puçangas, seus serviços pequenos. E nada mais.

A irmandade espreitava, de perto. E alguns agentes — como estivessem ansiosos, como estivessem fascinados — cometeram o desatino de atacar o feiticeiro, em casa, e torturá-lo, como o próprio Rufino contaria ao perito Baeta.

Não eram os maus-tratos, contudo, o que mais incomodava o velho — porque parecia ter ficado até mais forte. Era a vigília insistente, permanente, que lhe trancava quase todos os caminhos.

Mas era essa a estratégia dos polícias: mais dia, menos dia (acreditavam), Rufino os levaria ao esconderijo. E o plano talvez desse certo, se Baeta não tivesse aparecido em Santa Teresa; e se, dois dias depois, o remador Hermínio não houvesse indagado pelo feiticeiro.

Esses dois incidentes — ocorridos em datas tão vizinhas — reacenderam a fúria da irmandade. Pode parecer uma reação inexplicável. Mas quem caça um tesouro não pensa em outra coisa; quem caça um tesouro não pensa que outros possam pensar em outra coisa.

Foi quando um comissário e dois agentes resolveram se apressar: vendo que Rufino descia cada vez menos à cidade e passara a entrar amiúde pelo mato, tiveram o ímpeto de segui-lo, na convicção de que aquele era o caminho, pela inviabilidade da floresta.

Leitores menos avisados talvez não tenham noção do que seja, exatamente, uma floresta. São elas, particularmente à noite, verdadeiros labirintos — muito mais desconcertantes, muito mais traiçoeiros que qualquer um dos labirintos clássicos, como o do Minotauro, construído por Dédalo; ou os círculos do inferno, descobertos por Dante.

E mesmo que desertos, oceanos e geleiras. Destes, até já se tentou dizer que constituem o tipo labiríntico perfeito — por simbolizarem o nada. A floresta inverte isso: ela é o signo do absoluto — que é ao mesmo tempo o caos e a finitude.

Se, num deserto, o viajante, ou prisioneiro, vê eternamente a mesma cena, tendo assim a experiência do vazio — na floresta nunca uma paisagem será vista duas vezes. A floresta — particularmente uma floresta construída, como a da Tijuca — é um labirinto quântico: quem está preso nele interfere em seus caminhos, afastando, de si mesmo, cada vez mais, a saída.

Podemos dizer que Rufino planejou aquela perseguição, atraiu os inimigos para as profundezas da mata: era o território que ele dominava; sabia onde encontrar cada peroba (que usava contra ferimento de faca), cada maçaranduba (para doença dos olhos), cada pau-brasil (para dor de dentes, caroços e mijo grosso), cada pau-ferro (contra pancada, fraqueza e falta de ar), cada jequitibá (para queimadura, além de dar resina, cachimbo e mel), cada ipê (contra sarna, úlceras e pingadeira), cada embaúba (para fazer fundanga e contra bala de revólver), ou cada congonha (para mal do sono).

Também sabia onde pousavam os espíritos de pássaros, controlados pelas feiticeiras da noite — senhoras primordiais do universo, que nunca foram completamente aplacadas e portanto ainda podem interferir no curso dos destinos, incapazes de discernir o bem do mal.

Assim, dentro da floresta, no meio da noite, os polícias perderam o rastro de Rufino. Depois, perderam-se uns dos outros. Enfim, se perderam de si mesmos, sucumbindo para sempre. O velho não aguardava outro desfecho. E também ficou, recolhido no mato, numa espécie de exílio, esperando talvez que outra lenda de tesouro se espalhasse.

Todavia, um incidente ocorrido no dia 14 de outubro — que ainda será narrado com vagar — modificou os planos do feiticeiro: certo homem, que tinha feito certa obrigação, no pé de certa gameleira, num ponto certo da mata, homem esse que estava fugindo da polícia, buscou o refúgio da floresta, naquele exato lugar onde fizera a obrigação, e arrastou consigo, involuntariamente, o agente conhecido por Mixila. E Mixila desapareceu também.

No dia seguinte, era insustentável a arrogância, a megalomania da irmandade do primeiro distrito. O delegado reconheceu sua impotência diante da floresta; e teve que ceder. Confessou, ao chefe, que seus homens tinham entrado, que talvez tivessem entrado, que ouviu dizer que poderiam ter entrado na espessura da Tijuca. E uma grande expedição foi planejada, com mais de cem policiais, para bater, durante o dia, todos os recantos do maciço.

Rufino foi capturado, nas imediações de Laranjeiras. Numa das subidas para o Corcovado, encontraram o corpo do comissário, caído num fosso e varado por estrepes. O último corpo com que se depararam (porque então nada mais se achou) foi o do agente Mixila: tinha tropeçado a esmo, indo morrer no alto do Sumaré. Estava todo inchado e arroxeado, apoiado num pé de sumaúma, tendo ainda as marcas de picadas de jararacuçu.

E houve, naturalmente, uma terceira mulher morta. A narrativa recua de novo, ao dia 10 de outubro, e o foco se desloca para as terras longínquas onde o capitão Richard rasgaria, mais tarde, as ruas bucólicas do Grajaú. Foi ali, então naquele grande descampado, ao pé do morro do Elefante, numa das belas chácaras que beiravam o antigo caminho do Cabuçu, que a mulher morreu.

Dizer mulher é exagero: porque se tratava apenas de uma menina, de uma mocinha de quatorze anos. Tinha na face as mesmas expressões obscenas, o mesmo esgar lascivo que davam azo a peçonhentos comentários. Não foi sufocada, não foi envenenada, não havia no corpo uma única contusão, nenhum sinal de ferimento que pudesse ter provocado a morte.

Enquanto a mãe chorava e dizia só admitir enterro com caixão fechado — pela vergonha que seria expor aquele rosto —, o pai esbravejava, exigindo punição para o assassino. O legista, é claro, iria retrucar que não houve homicídio. Todavia, como já se tratasse do terceiro episódio com tão estranhas características, deram ao caso um tratamento excepcional.

E o perito Baeta acabou indo parar no caminho do Cabuçu. Falei da expiação da mãe, falei da fúria do pai. Mas ainda não falei da irmã da morta. Cena triste, aquela. Essa mocinha era a caçula e tinha apenas treze anos. Todavia, diziam pelos cantos que ela vira tudo, que estava ao lado da irmã quando tudo aconteceu. De noite, depois de terem ouvido um grito estridente, que teve súbita cessação, quando os cães, pela primeira vez, latiram, e as luzes, na casa-grande, se acenderam, a caçula entrou correndo, vinda dos fundos do quintal, e se trancou no quarto.

Só quando a irmã foi encontrada, morta, com o vestido levantado, com sinais de ter perdido a virgindade, é que se entregou a um pranto convulso e desesperado, até desfalecer. Nem o pai, nem a mãe, com medo da verdade, quiseram ouvi-la.

Pressionada, porém, pelo povo da cozinha, já diante do perito, com a promessa de que nada seria dito aos pais, deu, então, seu terrível testemunho: que estiveram, ambas, com um homem, no quintal, debaixo de um tamarindo; que o tinham conhecido na cidade, num dia de passeio e compras; que tinham se afastado um pouco da mãe, para experimentar confeitos de uma ambulante; que ele então se aproximou; e que riram e conversaram; que ele parecia adivinhar os pensamentos; que sabia que ambas brincavam, escondidas, que uma fingia ser o namorado da outra, que simulavam como iriam fazer no dia que tivessem um namorado de verdade; que ele disse que seria o namorado delas; que ficaram encantadas por ele e que logo deram o endereço da chácara, marcando o dia em que ele iria visitá-las; que elas, nesse dia, prenderam os cachorros; que estavam com medo mas não tiveram coragem de desistir; que ele então chegou, quando todos já dormiam; que elas o guiaram até o tamarindo; que ele então colocou a irmã em decúbito lateral e, deitado atrás dela, ergueu o vestido e mostrou como se fazia, pedindo que ela, caçula, beijasse a outra na boca, fechasse os olhos e palmeasse, plenamente, o que se movia abaixo; que a irmã não sentiu dor, mas que de repente deu aquele grito, quando pareceu ter desmaiado; que o homem ficou muito nervoso e mandou que ela corresse para casa; que ela obedeceu, sem entender o que se passava; e que só depois soube que a irmã morrera.

Baeta insistiu que a caçula desse mais detalhes, queria na verdade entender como tinha sido possível, como aquelas duas crianças se deixaram seduzir de modo tão imediato. Incrivelmente, nem ela, caçula, conseguia explicar com um discurso racional. Aliás, não é preciso mencionar ter o perito deduzido quem era a personagem. Não comunicou, é claro, suas suspeitas. Aniceto, para ele, já era, assumidamente, um caso pessoal.

Ao menos ali havia crime — não homicídio, mas defloramento de menor. E Baeta deixou que o pessoal do vigésimo distrito fosse tentar descobrir o homem. Tinha recolhido, perto do tamarindo, um botão de paletó. E, com fundamento nessa única evidência, montou seu plano.

O perito esperou o cair da noite do dia seguinte, sábado, 11 de outubro. Sabia que Aniceto andava pelo cais, numa daquelas rodas de pernada; e que, em tais ocasiões, não se vestia com nenhum aprumo, preferindo as roupas molambentas dos malandros. Era, portanto, a oportunidade.

Então, em torno das oito horas, Baeta cruzou a praça da Harmonia e foi bater na casa de cômodos da portuguesa. Ficou apavorada, a proprietária, com a visão da arma. Baeta puxou a mulher para fora, pelas mangas do vestido, fechando a porta, para se certificar de que não seriam vistos.

— Quero entrar no quarto de Aniceto. Vá lá agora e abra a janela. Se ele ou outra pessoa souber que eu estive aqui, é a senhora quem morre.

Dizem que a casa de uma pessoa é capaz de resumi-la. E aquele cômodo pequeno contava muito sobre o ocupante: primeiro, pelo asseio. O perito, que esperava encontrar terra nos sapatos, viu que estavam todos escovados e limpos. E, segundo, pelo contraste que a elegância de três ternos e um fraque faziam com o resto do ambiente.

Baeta não demorou a perceber que, num deles, ainda meio sujo de terra úmida num dos cotovelos e na lateral da calça, faltava um botão — justamente o que ele carregava, idêntico aos remanescentes.

Aquela era a prova. Deveria, logo, apreender a evidência formalmente e sugerir a expedição imediata de uma ordem de prisão. Em vez disso, contudo, o perito continuou esmiuçando a intimidade do rival.

Aniceto era supersticioso: tinha pregada na parede uma imagem de Santo Expedito, com traje de centurião romano, empunhando uma espada e uma cruz. Em cima de um baú (o único móvel além da cama, pois as roupas ficavam penduradas num arame), havia uma miniatura em gesso representando São Sebastião, ao lado de duas garrafas com ervas e galhos embebidos num líquido alcoólico — provavelmente preparados de algum curandeiro, talvez do velho Rufino. Nos cantos, velas amarradas com fitas, além de uma ou outra bugiganga.

Baeta, não satisfeito, removeu a estatueta e as garrafas para levantar a tampa do baú. Dentro, viu logo um amarrado de dinheiro, com talvez mais de quinhentos mil-réis misturados a peças de roupa branca. E — para seu espanto — três volumes pessimamente impressos: *O livro negro das almas de Évora*, o raríssimo *Invocação de Lúcifer* e um *São Cipriano da Capa Preta*.

O perito, então, tomou um daqueles exemplares. E foi esse gesto que o perdeu. Porque, por baixo do livro, ainda mais enfronhado na roupa branca, reconheceu o chicote com cabo de prata, roubado de sua casa, no Catete.

Miroslav Zmuda tinha relegado à classificação residual uma série de simbolizações que, segundo ele, representavam desejos muito obscuros. Embora também fossem movimentos de queda, não iam apenas na direção da barbárie ou do reino animal: eram uma busca pela antinatureza. Entre eles, para nossa surpresa, o polaco incluía o incesto. E disso surge a primeira grande divergência com seu antigo colega da escola de Viena, o celebríssimo Sigmund Freud.

É preciso dizer alguma coisa para salvar a reputação do nosso médico: Zmuda, nesse campo, não tinha muitos dados. Os do austríaco, por sua vez, embora mais abundantes, não decorriam da observação direta, além de terem partido do falso pressuposto de que os gregos concentraram, em seus textos, todo o conhecimento mitológico universal.

Freud foi um dos muitos pensadores a acreditar no conto do milagre grego, de que tinha sido mesmo o povo mais inteligente da história, criador da civilização ocidental. Só por isso deu ao mito de Édipo uma estatura de verdade, considerando a delinquência do incesto um dos pilares afetivos da condição humana.

Nosso luminar polaco, ao contrário, depois de muito observar os cães, nem nos animais admitia o incesto como natural (pois só ocorreria, neles, por acidente, nunca sendo consequência da vontade).

Cabe ao leitor julgar: Freud passou a vida em Viena e concebeu sua teoria estudando histéricas. Talvez não tenha levado nem cem mulheres para a cama. Experiência muito diferente teve Miroslav, no Rio de Janeiro.

O incesto, para Zmuda, era uma tentativa de romper com a natureza. E tais fantasias, nas mulheres, eram muito raras. Toda essa sua quinta categoria — a categoria residual — era constituída de fenômenos raríssimos na sexualidade feminina. Por exemplo, a pedofilia — que não se deve confundir com o desejo por moços imberbes, sendo seu verdadeiro objeto crianças ainda impúberes —, de que o polaco não registrou um caso.

Não documentou também, em mulheres, nenhuma tendência necrófila; e mesmo com homens a Casa das Trocas só realizou uma vez essa mórbida vontade, quando Hermínio conseguiu furtar um cadáver do necrotério da polícia, na maior transação financeira realizada por eles.

A bestialidade, ou zoofilia, aparecia com apenas um episódio: certa dama, aplicando molho de carne nos próprios genitais, treinara seu imenso cão de fila na prática da cunilíngue, sendo que esse cão — um cão pastor — a atacou, certo dia, enciumado do marido, fossando escandalosamente as intimidades da mulher.

Ainda nesse âmbito, o conto popular "A mulher e o cavalo", embora muito difundido na cidade, também não foi documentado, como caso concreto, restando apenas como exemplo literário do Mito do Grande Pênis.

Mas Zmuda conseguiu isolar uma quarta categoria, também composta por simbolizações contrárias à civilização e à natureza humana. Só que essas não constituíam movimentos de queda — mas de ascensão. Eram as fantasias homossexuais.

Na Casa das Trocas (e Zmuda suspeitava que fosse um fenômeno geral), era a modalidade de simbolização que gerava mais fascínio: muitos casais, na verdade, só se envolviam em permutas como pretexto para o homossexualismo feminino, quando os homens se tornavam meros espectadores.

E quando havia contato entre mulheres, em ambientes franqueados da casa, quase todos os presentes, de ambos os sexos, se deslocavam para observar. E o espetáculo de Aniceto, com a Palhares e a mulher alta, tinha sido um exemplo.

Entre as suas enfermeiras, entre as prostitutas como um todo, essa era a fantasia mais frequente, quase universal. Talvez porque — submetidas a degradações constantes, forçadas na maioria das vezes a contrariar suas próprias índoles — procuravam entre si um erotismo puro, sem a mácula da virilidade.

O polaco tinha catalogado um caso que considerava extremamente importante, do ponto de vista teórico; que comprovava sua tese e por isso devia ser inserido nessa quarta categoria: o de uma mulher que pedira à dona Brigitte um encontro com um rapaz homossexual.

Não seria um trabalho para Hermínio, que era másculo. A freguesa desejava um homem delicado, de modos femininos. Não pretendia humilhá-lo, não pretendia assumir diante dele o papel do macho. Pelo contrário, a ansiedade da mulher era encontrar um ser — na óptica dela — perfeito: que fosse homem, mas não viril.

Não podemos esquecer que Zmuda era ariano, eslavo, polonês e, por isso mesmo, católico. Mesmo os grandes cientistas têm dificuldade de se libertar das injunções metafóricas sofridas na infância. E nada exerce pressão tão grande, nas inteligências, quanto os legados literários e poéticos fundadores das mitologias individuais. E a do polaco, obviamente, era a mitologia bíblica. Foi, assim, através dos mitos bíblicos (ainda que de modo inconsciente) que o doutor Zmuda balizou seu pensamento.

Ora, embora tenha, particularmente nos antigos livros, atitudes muito masculinas, muito patriarcais, o deus bíblico é um espírito necessariamente assexuado.

Ou, mais corretamente, hermafrodita, já que criou o ser humano à sua imagem e semelhança — e este ser se subdivide em dois.

Essas duas criaturas — o homem e a mulher —, embora fossem sexualmente complementares, não mantiveram contato sexual, até sua expulsão do paraíso. E o episódio da expulsão é especialmente significativo: foi no exílio, na terra, que o homem e a mulher obtiveram geração: ela, com a dor do parto; e com dor ele também, pois teve que suar para extrair da terra o sustento da família.

Assim, no mito bíblico, a multiplicação da espécie — só possível com a heterossexualidade — está associada à dor, à punição, à queda, à vingança de Deus.

Há uma exegese ousada que acredito esteja no subconsciente de todos os cristãos: que essa ira divina contra o casal primevo foi, na verdade, a manifestação inaugural do ciúme. Esse deus, assexuado, hermafrodita, tinha obrigatoriamente um amor homossexual tanto pelo homem quanto pela mulher.

Por isso, em função desses símbolos, Zmuda considerava a fantasia homossexual a simbolização mais perfeita — transgressora da civilização e da condição humana porque mais semelhante à memória do paraíso.

Pode haver quem objete o seguinte: sendo um deus hermafrodita, seu amor pelas criaturas humanas seria também heterossexual. Logicamente, é verdade. Só não é verdade no plano dos símbolos: porque a atração entre sexos distintos — tão banal que não chega a ser, em si, uma fantasia — não nasce como obra divina, mas da perfídia urdida pela cobra.

Esse animal — que é um signo fálico, que em tudo se relaciona com a terra, até porque se espoja sobre ela — reúne em si as metáforas do mal e da virilidade. E basta lembrar que é o homem quem penetra, quem fecunda rasgando — seja a terra, ou a mulher.

E o ciclo, assim, se fecha: com a queda do paraíso, as criaturas divinas perdem o dom da juventude eterna. A virilidade também é mais uma das metáforas da morte.

Se soubesse detalhes sobre o caso das mulheres mortas, Miroslav Zmuda teria mais um complicado viés do seu "problema Aniceto".

Não sei que associação de ideias possam ter feito os meus leitores quando assistiram à descoberta do chicote de cabo de prata entre as coisas de Aniceto. Mas posso dizer o que pensou Baeta: se o capoeira tocara no chicote, suas digitais estavam lá. Logo, a vingança do perito poderia ser colossal, poderia ir muito além de usar um paletó e um botão para enquadrá-lo no 267 — que previa pena máxima de apenas quatro anos.

Simulando ter revisto as provas, afirmaria que Aniceto esteve na cena do crime do secretário — e o capoeira cairia facilmente no 294 e teria seus trinta anos de cadeia; ou — mais provavelmente, por conta do sigilo estrito que cercava o caso — seria sumariamente executado, por ordem do chefe, sem processo.

Mas era sábado. O perito tinha que esperar a segunda-feira para voltar à rua da Relação e dar à história sua indispensável verossimilhança. Tempo, havia: Baeta bagunçou o quarto, quebrou a tranca da janela e embolsou o maço de dinheiro — para simular um roubo. A portuguesa, é claro, não diria nada; e o malandro pensaria num ladrão comum.

Então, pegando na tira de couro — e não no cabo de prata — e protegendo o objeto com a casaca, se esgueirou até a praça da Harmonia, onde tomou um carro, que o deixaria em casa.

Eu talvez não resistisse — se este fosse um romance psicológico ou existencialista — a considerar com demora a constituição das mentes humanas, que têm como primeiro impulso, naturalmente, o mal.

Se aquele fosse um dia de semana, Baeta teria ido diretamente ao seu laboratório, para consumar o tenebroso plano. Todavia, como disse, era sábado. E já durante a viagem, quando o primeiro impulso de malignidade arrefeceu, o perito teve um segundo pensamento.

Se os homens do primeiro distrito estiveram rondando a sua casa para intimidá-lo — e ele não via outra motivação para o roubo —, o fato de o chicote ter ido parar nas mãos do capoeira apontava para uma ligação até então inconcebível entre o rival e os polícias da praça Mauá. E o pior de tudo é que ele, perito, não poderia acusá-los disso, porque precisaria confessar que levara o chicote para casa.

Baeta, na verdade, não sabia o que dizer daquilo. Teriam sido atitudes independentes? Aniceto teria invadido sua casa por conta própria? Mas, se invadiu, o que lhe teria sugerido o artifício de evitar ficassem impressas suas marcas digitais?

Essa última indagação levou o perito a uma terceira e aterradora hipótese. Aniceto certamente nunca poderia ter ouvido falar em datiloscopia. No Rio de Janeiro, em 1913, só policiais (ou um ou outro membro do governo ou do poder judiciário) conheciam aquela novidade da criminalística. Havia, no entanto, pelo menos um indivíduo leigo, estranho ao meio da polícia, que por certas circunstâncias tinha noção exata do que a técnica representava: era ninguém menos que a mulher do perito especialista em identificação datiloscópica, a fiel e cobiçada Guiomar.

Os verdadeiros espíritos científicos resistem bem mesmo às maiores convulsões pessoais. Baeta entrou em casa, escondeu o chicote e amanheceu na segunda-feira. Pensar que Aniceto dera em sua mulher com aquilo (embora não tivesse visto marcas nela) produzia nele certos espasmos de ódio, certa vontade de atirar em todo mundo — que sua inteligência logo dominava. Mas tinha chegado a uma conclusão: ele, Baeta, não poderia habitar a mesma cidade que um homem daqueles, capaz de seduzir até crianças, capaz de seduzir — e isso talvez se constatasse em algumas horas — a própria Guiomar.

A qualidade das impressões, no cabo de prata — como o perito pôde verificar num exame superficial a olho nu —, era excelente. Uma delas — a de um polegar direito — era especialmente nítida e foi por esta que Baeta começou, polvilhando delicadamente o pó negro contrastivo que ele ajudara a desenvolver com seus colegas de Los Angeles.

Era uma das formações mais raras, em forma de arco, presente em cerca de apenas dez por cento dos indivíduos. E o cotejo, depois de batida uma fotografia da digital polvilhada, foi mais fácil do que ele supusera: eram idênticas às impressões constantes do cartão de Aniceto, feito por ele mesmo.

Aquilo, para a vingança, bastaria. Mas o perito tinha ainda uma dúvida a dirimir: precisava saber, precisava ter certeza de que fora Guiomar quem entregara, espontaneamente, o chicote ao capoeira. Para tanto, era necessário conferir outras marcas — não tão bem preservadas, é verdade, mas bastante aceitáveis — que restaram no cabo de prata.

Para alívio do perito, um exame sumário permitiu descartar Guiomar: a mulher tinha, nos dedos correspondentes, desenhos em espiral, sendo os da impressão em forma de alça. Não conferiam, também, com as digitais de Aniceto.

Poderia ser, talvez, de algum agente do primeiro distrito, mancomunado com o capoeira no assalto à sua casa — o que ele só poderia comprovar se admitisse ter levado o chicote para o Catete.

E Baeta poderia ter parado por aí. O espírito científico, contudo, apesar de oferecer grande resistência às convulsões pessoais, às vezes nos leva a descobrir mais que o estritamente necessário. Baeta supôs poderiam ser aquelas as antigas impressões que ele examinara, na época do crime da Casa das Trocas.

E o perito, querendo investigar, pensando em escrever um artigo sobre o tema polêmico da durabilidade das impressões em superfícies lisas, quando expostas ao ar, puxou dos arquivos os cartões do secretário (tirados a partir do cadáver) e as fotografias com as digitais de Fortunata —

ou as que ele presumira fossem dela, pois eram as únicas diferentes das da vítima, na garrafa de vinho, nas taças e no cabo de prata do chicote.

E, ao passar os olhos nas digitais atribuídas à prostituta, naquele meticuloso exame comparativo, sua argúcia não pôde deixar de agir e ele logo percebeu um interessante detalhe: o polegar direito de Fortunata tinha também um desenho em arco, como o do irmão, Aniceto. Mais: tinha, como ele acabara de enxergar — e sua memória visual não era afamada à toa —, duas minúcias, dois traços bem característicos, próximas do centro, ou núcleo, do dedo, que tornavam aquelas impressões mais similares que o normal: uma linha interrompida pela formação dita "em lago", imediatamente acima de uma outra, com um traçado "em espora".

Baeta, então, com a estranha sensação de quem já notara aquelas minúcias, de quem já conhecia aquele desenho, pôs, lado a lado, as digitais de Fortunata e de Aniceto.

E eram, à primeira vista, iguais. O perito, com certa ansiedade, procedeu a um exame completo, criterioso, para excluir qualquer possibilidade de erro. Depois de cotejadas vinte e uma minúcias dos dois polegares — número que seria considerado excessivo por qualquer dos especialistas (que se satisfaziam com doze ou dezesseis)

— Baeta concluiu que eram a mesma digital; que eram, absurdamente, digitais idênticas.

Baeta concluiu — repito eu — que os irmãos Fortunata e Aniceto Conceição eram o primeiro caso conhecido de indivíduos que possuíam exatamente as mesmas marcas digitais.

A datiloscopia — embora já houvesse convencido a maior parte dos cientistas, no que tange ao seu poder inequívoco de identificação, e sido aceita oficialmente em países como a Argentina (que teve o caso pioneiro de crime solucionado com exame datiloscópico em 1892) e os Estados Unidos (com outros casos célebres, como o processo Crispi, resolvido de modo espetacular pelo perito Joseph Faurot, em 1911) — era ainda, em 1913, uma ciência em desenvolvimento. E o principal postulado da datiloscopia — o de que não há duas pessoas com as mesmas marcas digitais, nem se forem gêmeas — não era ainda um consenso.

Os principais objetores da técnica tinham, devo admitir, um bom argumento: ninguém ainda havia provado, em termos estritamente teóricos, aquele axioma. O que havia era tão somente a fortuita inexistência de uma contraprova. Nunca se registrara o caso de dois indivíduos que imprimissem a mesma marca digital — mas isso não significava necessariamente inexistir, no mundo, uma tal coincidência, ainda que fosse única. E descobrir isso talvez fosse, apenas, uma questão de tempo.

Para Baeta, contudo, a questão tinha de ser tratada como um problema estatístico. Ele próprio, em 1910, chegara a resultados muito semelhantes aos do francês Balthazard — calculando a probabilidade de duas pessoas exibirem quinze minúcias, quinze características digitais idênticas, na mesma posição. Esse número era tão pequeno, tão ínfimo, que teria, entre a vírgula e o primeiro algarismo significativo, quarenta e quatro zeros.

E a evidência prática disso tinha sido revelada no julgamento do processo Crispi — quando, diante do júri, dois irmãos gêmeos exibiram impressões digitais distintas.

O perito, portanto — que era um dos luminares da datiloscopia, que tinha posto o Rio de Janeiro entre as cidades pioneiras no reconhecimento e no emprego dessa técnica —, não poderia acreditar naquela coincidência.

A primeira coisa que lhe veio à cabeça, um dos fatos que ele logo notara, à época, foi que o estrangulamento do secretário, pela força exercida no pescoço, seria mais compatível com a ação de um homem. A segunda coisa foi a lenda ainda corrente de que a Casa das Trocas, que foi casa da marquesa de Santos, tinha uma passagem secreta, que a ligava à Quinta da Boa Vista.

Baeta tinha agora uma história muito mais forte, com evidências bem mais conclusivas. Pôr Aniceto na cena do crime — com digitais em vários objetos — não era mais uma fraude motivada por vingança: era desnudar a verdade dos fatos.

Talvez, com a conivência de dona Brigitte e do doutor Zmuda (ou até de uma das enfermeiras), o capoeira tenha entrado na casa pela legendária passagem — que ficaria exatamente embaixo da escada, onde o polaco improvisara uma adega.

Ora, as testemunhas disseram que Fortunata apanhara uma garrafa de vinho tinto naquele local. As digitais, no entanto, eram as de Aniceto. Eram muito parecidos, eram irmãos, eram gêmeos. Provavelmente foi Aniceto quem voltou para o quarto, com a garrafa, disfarçado com roupas de Fortunata.

Quando, na Casa das Trocas, anunciaram a presença do perito, a reação da capixaba foi de indizível pavor. E o médico não teve reação muito diversa — indo logo fechar à chave os seus famosos cadernos de capa preta, que não cessava de folhear. Especificamente naquele dia, Baeta era a última pessoa que ambos queriam, ou deveriam, ver. E o motivo — que o leitor conhecerá no seu devido tempo — era inconfessável.

Zmuda e Brigitte, na verdade, estavam um tanto apreensivos, naqueles dias, por conta de alguns problemas que Aniceto introduzira na Casa. Primeiro, as quintas-feiras coletivas vinham tendo cada vez menos participantes. Os maridos, os parceiros masculinos (e o próprio Baeta era um exemplo), estavam desestimulados, porque a atenção das mulheres era toda para o capoeira. Apenas aqueles que se contentavam com assistir à infidelidade das esposas — e não eram a maioria — continuavam frequentando as festas.

Além disso, mais preocupante fora a hipótese, aventada por uma das enfermeiras — e que logo convenceu a todos —, de que Aniceto deveria ser parente de Fortunata, deviam talvez ser irmãos, porque era enorme a semelhança fisionômica.

Dona Brigitte, então, resolvera confessar a Miroslav Zmuda a história da carta, o segredo que ocultara para não aborrecê-lo: que Fortunata não tinha sido amiga da veterana Cássia; tinha sido posta ali por ela, mas a pedido de um certo mandingueiro velho, personagem que diziam ser bem conhecida na cidade, um tal Rufino.

A capixaba — que pedira a Hermínio para investigar quem fosse aquele homem e descobrisse os interesses que poderia ter naquilo — não tinha boas notícias para dar: Hermínio não conseguira estar pessoalmente com o velho, e soube que ele andava escondido pelos matos, foragido da polícia.

Isso, realmente, incomodou Zmuda: era muito desagradável que, tão pouco tempo depois de ocorrido o crime, um provável irmão da assassina tivesse passado a frequentar a casa. E era muito azar que fosse logo aquela personagem — Aniceto, o seu "problema" Aniceto, o fenômeno Aniceto que vinha dando a ele, Miroslav Zmuda, oportunidades impensáveis de aperfeiçoar suas teorias.

E o polaco e a capixaba receberam o perito esperando o pior.

— Vou ser direto: vocês sabiam que Aniceto (que é irmão de Fortunata) esteve nesta casa, no dia do assassinato do secretário, dentro do quarto da vítima?

Não era esse o assunto que Brigitte e Zmuda temiam. Mesmo assim, não ficaram mais à vontade por isso. Admitiam que já surgira essa suspeita — a de que os dois fossem irmãos, dada a parecença. Mas não que houvessem agido juntos. Não obstante, achavam impossível ter ele entrado na casa, no dia do crime.

O perito lembrou a lenda da passagem secreta. O polaco, então, abriu os braços:

— Francamente, Baeta!

Mas Baeta não se convenceu; e tiveram que levá-lo até a adega, debaixo da escada. A passagem, é claro, não foi encontrada. Mas o perito não desistiu da tese; e voltou a interrogar as enfermeiras: queria ratificar se tinham visto realmente Fortunata pegar a garrafa de vinho tinto, se não poderia ter sido um homem disfarçado de mulher.

A memória das pessoas, em geral, principalmente depois de um certo prazo decorrido e sob alguma forma de sugestão emocional, pode, perfeitamente, se confundir. E algumas enfermeiras, diante de um homem atraente, e que sempre as tratara bem, que era ainda uma pessoa ilustrc, chcfc dc um gabinete de polícia científica, que afirmava tão categoricamente ser impossível a primeira versão da história, começaram a considerar e a admitir que a pessoa que passara, com a garrafa, podia não ter sido, certamente não fora, Fortunata.

Baeta parecia satisfeito. E voltou a se reunir com os donos da casa.

— Meu interesse não é prejudicar vocês. Depois descobrimos como ele entrou aqui. O importante é que as meninas deem novo testemunho.

Dona Brigitte e o doutor Zmuda já não podiam cancelar certa programação, certo serviço a ser prestado pela Casa. Mantiveram, assim, a discrição habitual naquele assunto. Todavia, vendo que as intenções de Baeta eram, na verdade, amistosas, resolveram retribuir a gentileza. E revelaram outra coisa, que supunham pudesse ser relevante: o conteúdo da carta enviada pela veterana.

O perito, no entanto, pareceu não ter dado a menor importância àquela informação.

A novela acaba e pouco me detive sobre minha personagem preferida — a bela, a fiel, a cobiçada Guiomar. Poucas mulheres têm podido reunir tão bem, tão perfeitamente, em si, uma cidade. Por isso, por ser assim tão conforme à índole da cidade que resume, Guiomar, também, foi fundada duas vezes.

A primeira delas conhecemos bem: é a Guiomar do perito Baeta, a mulher instigante que, mesmo na Casa das Trocas, tinha o prazer paradoxal de não trocar. Já a segunda Guiomar começou em data certa — 21 de agosto de 1913 —, nessa mesma Casa das Trocas, quando sentiu vontade irresistível de apanhar do marido, estimulada pela virilidade de um desconhecido, que batia, a poucos passos, numa outra mulher.

Essa, a segunda, a Guiomar definitiva é que vai precipitar a ação final — ação que foi prevista, ou provocada, pela quiromante da rua das Marrecas.

— Sobre a linha da vida, uma cruz; ao lado dela, cinco linhas: duas em cima, três embaixo. Você está prestes a trair o seu marido.

A indignação de Guiomar dizia tudo. Alguma coisa tinha entrado nela, alguma coisa nova operava dentro dela. E ela percebia — embora não quisesse, embora não admitisse — que Baeta não estaria em cena, no momento da grande passagem.

Isso não quer dizer que o perito não tenha sido importante no processo: foi dele a ideia de levar para casa o chicote de cabo de prata — embora não o tivesse usado da melhor maneira, da maneira precisa que ela ansiava fosse usado.

Baeta, contudo, sempre fora um grande amante. Na Casa das Trocas, ela mesma assistira, extasiada, ao marido bater e cuspir numa mulher. O problema não era Baeta; o problema também não era Guiomar. O problema era serem Baeta e Guiomar, naqueles respectivos papéis.

E, assim, no fatídico 11 de setembro, Guiomar conheceu, quase inconscientemente, a personagem; e demorou sobre ele o olhar, por uns instantes. O homem, a personagem eleita, retribuiu a mirada. Se não se tratasse de Aniceto, talvez o caso houvesse tido um outro fim.

Quando Guiomar constatou, na quinta-feira, 2 de outubro, que não iriam mais à Casa das Trocas — único lugar onde tinha esperança de rever o desconhecido —, perdeu, como se diz, as estribeiras. Não há melhor exemplo do poder devastador do "fenômeno" Aniceto.

Retomo aqui aquela história que ficou interrompida, algumas páginas atrás. Falo da mulher que, numa rua escura, transversal à da praia do Flamengo, já na altura do Catete, foi empurrada para dentro de um cupê e — sofrendo já algum desacato — rodou dentro dele até a rua da Alfândega, no trecho antigamente conhecido como da Quitanda do Marisco, onde seria entregue a um homem que aguardava, num sobradinho, para servir-se dela.

Disse eu, atrás, que Hermínio fora aquele raptor. Agora todos adivinham que Guiomar era a mulher. Não é difícil deduzir quem fosse o homem.

Se alguns leitores pasmam diante dessa audácia, é porque talvez não saibam do que fora ela capaz, uns poucos dias antes: Guiomar escrevera à dona Brigitte, mencionando um certo homem que fizera tais e tais coisas com duas mulheres, na última festa a que ela comparecera, no dia 11 de setembro. Pedia à capixaba um encontro com esse homem. E sugeria o chicote. E dona Brigitte, como vimos, brilhou na direção do drama.

Foi para pagar o preço exigido pela capixaba, e também justificar o sumiço do chicote, que Guiomar simulou o roubo à própria casa. Os vizinhos, naturalmente, não achariam estranho vê-la forçar a própria janela (que poderia estar apenas emperrada). Dentro, foi fácil revirar gavetas e dar verossimilhança à mentira.

Uma coisa é até engraçada: embora Guiomar conhecesse os postulados básicos da datiloscopia, não ocorreu a ela nenhuma medida relativa a impressões digitais que deveriam figurar na cena do crime.

Esse erro, contudo, lançou toda a suspeita do perito sobre os agentes do primeiro distrito — que rondavam a casa do Catete, sem que ela houvesse notado. Infelizmente, para Guiomar, eles também entraram na história.

Disse que os vizinhos não achariam estranho ver Guiomar forçar a própria janela. Mas Mixila não era vizinho: era polícia. Percebeu a agitação, a anormalidade dos modos; e seguiu a mulher do perito, quando ela foi ao largo do Machado entregar o chicote e pagar o preço. O preposto que a esperava, para tanto, era o próprio Hermínio.

A irmandade do primeiro distrito não tinha em boa conta o sexo feminino. O próprio delegado dizia que a mulher fiel, no Rio de Janeiro, era aquela que morria antes de trair. Mas não pensaram em adultério, naquela circunstância. Claro estava, para eles, que aquilo tinha a ver com o tesouro de Rufino — tanto que o remador Hermínio andara perguntando pelo velho; e Guiomar era mulher de um homem que se sabia estava envolvido no negócio.

A praça Mauá, no entanto — principalmente depois do desaparecimento de três de seus membros na floresta da Tijuca —, não podia dispor de todo o seu efetivo para vigiar, ininterrupta e simultaneamente, toda aquela quadrilha formada por Rufino, Baeta, Guiomar, Hermínio e talvez outros.

Se tivessem surpreendido o momento em que Hermínio passara o chicote a Aniceto, a história talvez tivesse outro desfecho. O que eles acompanharam, o que Mixila acompanhou foram os movimentos do preposto de dona Brigitte, quando alugou o sobradinho na rua da Alfândega, na sexta-feira, dia 10.

A certeza de que ali havia coisa grande aumentou quando, até a noite de segunda-feira, nem Hermínio nem ninguém tinha entrado no sobrado. A expectativa, contudo, se encerrou no dia 14, quando subiu, primeiro, o capoeira (sabemos que sem o chicote); e, meia hora depois, a mulher do perito, aos trancos, tratada como se fora uma vagabunda pelo antigo remador do São Cristóvão.

Constrangido diante de três revólveres, Hermínio foi obrigado a voltar, tão logo deixou o sobrado, à frente de Mixila e de outros dois polícias — incapazes de entender, àquela altura, o que estava sucedendo. Teriam visto mais, se demorassem.

Arrombada a porta, contudo, com aquela imensa ansiedade que só os tesouros justificam, pegaram apenas o primeiro quadro: Guiomar, de vestido arriado e seios nus, enlaçada por um braço de Aniceto — que, com o outro, lhe puxava os cabelos, para baixo, expondo todo o perfil do pescoço, onde passeava a língua.

Fizeram apenas a tolice de empurrar Hermínio sobre a cama e entrar no quarto, todos três. Porque o capoeira só precisou de um rabo de arraia para atirar um polícia contra o outro e escapar pela escada. Hermínio, antigo remador — que se aproveitou da confusão para tentar alcançar um revólver que caíra —, acabou facilitando a fuga de Aniceto, porque só dois agentes juntos conseguiriam derrubá-lo.

O fim da história conhecemos: Mixila perseguiu o capoeira, soube que ele tomara o rumo de Santa Teresa e foi até lá, onde se embrenhou, para sempre, na floresta.

Embora seja uma das metrópoles mais estudadas do mundo, a história do Rio de Janeiro tem ainda muitos pontos obscuros. Essa ignorância é grave, nos séculos 18 e 17. Gravíssima, em relação à segunda metade do século 16. E alarmante, no que concerne a todo o período anterior — que compreende a proto e a pré-histórias da cidade.

Os danos disso decorrentes são, assim, imensos, para a mitologia local. Por exemplo: há hoje, em Niterói, uma imponente estátua de Arariboia — que olha ostensivamente para o Rio de Janeiro, como se fosse um conquistador estrangeiro da cidade.

Embora esse herói — primeiro silvícola a ostentar o hábito de Cristo — tenha recebido sesmarias na banda oriental da Guanabara, foi ele um tuxaua carioca, na mais legítima acepção do termo, por ter nascido e vivido em Paranapuã, a antiga ilha do Gato (ou seja, dos "maracajás"), atual do Governador.

E é possível que os temiminós, ou maracajás, já habitassem o litoral norte da cidade e ilhas vizinhas, como a das Cobras, a dos Melões e a das Moças. Tanto que a "aldeia de Martinho" — como aparece num antigo mapa português, traçado antes de 1580 — é nada menos que aldeia de Arariboia (batizado Martim Afonso), erguida, sob invocação de São Lourenço, para além do morro de São Bento, entre a Prainha e o saco do Alferes. O famoso auto de Anchieta, de 1587, foi representado neste lugar — e não na outra margem da baía.

E o que dizer de outras grandes personagens esquecidas, como Cunhambebe, Guaixará e Aimbirê? Este último, então — que foi o principal cabeça da coalizão franco-tamoia —, mereceria ser lembrado apenas pela cena clássica, em que encarna plenamente o espírito da cidade, quando, mortalmente ferido, escolhe a mais formosa entre a sua vintena de mulheres, a estonteante

Iguaçu, e mergulha com ela na baía, para vencer a barra, nadar em altíssimo oceano e depositá-la, a salvo dos inimigos, na praia de Ipanema, antes de morrer.

Outro atentado contra a memória mítica da cidade é terem feito o rio Carioca, depois de tantos desvios e canalizações, correr subterraneamente em quase todo o seu vale — aparecendo apenas num ínfimo trecho, no Cosme Velho, nas imediações do largo do Boticário. Foi um rio de águas tão límpidas, tão puras, que (diziam os índios) fazia fortes os homens e embelezava as mulheres: o que confirma, ao menos como lenda, ter existido, aqui, uma fonte da juventude, objeto do perdido mapa de Lourenço Cão.

Também é crime sem perdão não haver um mísero marco que assinale aproximadamente o sítio da célebre Casa de Pedra — que não se sabe como, quando e por quem foi erigida—, casa essa que foi tão fundamental historicamente e da qual derivaria o próprio etnônimo dos cidadãos do Rio.

Aliás, ninguém conhece exatamente como se originou o topônimo Rio de Janeiro; e sobre isso há muita controvérsia. A tese de Varnhagen — que envolve cálculos náuticos complicadíssimos — é de que uma expedição de reconhecimento da costa, comandada por um capitão anônimo, teria descoberto o que supunham fosse o estuário de um grande rio, em 1º de janeiro de 1502.

Todavia, como se trata de uma dedução de base lógica, sem apoio em documentos, os mais conservadores preferem o ano de 1504, quando teria deitado ferros, na Guanabara, a frota de Gonçalo Coelho.

Mas isso também não é pacífico: uma forte vertente historiográfica argumenta que o nome Rio de Janeiro não surge na cartografia antes de 1520. E aduz como prova o fato de Fernão de Magalhães — que passou por aqui na sua célebre viagem de circum-navegação — ter dado ao lugar o nome de Santa Luzia, por desconhecer outra denominação.

Contra isso, há quem invoque o mapa do navegante turco Piri Reis, de 1513, em que o contorno da baía de Guanabara aparece muito nitidamente, próximo de uma misteriosa legenda que contém a palavra "Saneyro", em caracteres árabes. E há quem lembre a viagem da nau *Bretoa*; ou a expedição de João Dias de Soliz.

Ora, toda essa briga atesta apenas uma coisa: que houve intensa movimentação de europeus — talvez até de turcos — nas regiões vizinhas à Guanabara, na primeira metade do século 16; que é provável terem entrado na baía; e que sobre isso não sabemos quase nada.

Uma das poucas menções concretas a essa presença está na curiosa história do traidor Lopes Carvalho, piloto português que serviu aos reis de Espanha.

Segundo pelo menos duas fontes (o diário de Pigafetta e o depoimento do grumete Martim de Aiamonte), o traidor Carvalho — que era piloto na esquadra de Fernão de Magalhães — veio ao Rio de Janeiro para reencontrar um filho seu, tido com uma negra da terra, quando viveu aqui, amancebado a essa índia, entre 1512 e 1517.

Desses mistérios todos, no entanto, o mais intrigante, o mais impressionante, o que seria mais importante desvendar é o da existência, no Rio de Janeiro, de uma tribo de amazonas.

Pesquisas arqueológicas recentes, feitas na região do maciço da Pedra Branca (Jacarepaguá, Bangu, Realengo, Campo Grande, Guaratiba), identificaram uma série de sítios pertencentes à tradição tupi — que tem, como principal diagnóstico, a cerâmica engobada, com decoração policromática de traçado linear, e seu típico antiplástico de areia e conchas moídas.

Os sítios mais antigos chegam a datar de três mil anos e têm a seguinte particularidade: todos os cento e sessenta e nove esqueletos encontrados correspondiam a indivíduos do sexo feminino.

A essa incrível descoberta se acresce um outro fato notável: as mulheres adultas eram sistematicamente sepultadas em igaçabas, com uma flauta de osso e um artefato raro — um pesado anel de pedra polida, com gume circular. Trata-se de uma terrível e conhecida arma de guerra, a itaiça, que, convenientemente encabada, era empregada para espatifar cabeças (o que foi historicamente documentado entre os guaranis do Rio Grande do Sul).

Há ainda outro resíduo importante, não associado necessariamente aos sepultamentos: as longas pontas de osso, que — pela embocadura da haste — não poderiam se acoplar a flechas, mas a lanças muito grossas.

Os esqueletos masculinos só começam a aparecer em sítios de no máximo dois mil anos. E aí a coisa se complica: embora a cerâmica permaneça idêntica, desaparecem tanto as itaiças como as pontas de lança; e as flautas de osso passam a ser — sem exceção — enterradas com os homens.

É também nesse período que surgem os primeiros machados, próprios para a agricultura.

Os dados cerâmicos não permitem dúvida: todos esses sítios foram ocupados por tupis. O que os especialistas têm tido medo de dizer é que, no primeiro milênio, houve uma sociedade tupi constituída apenas por mulheres guerreiras — as itatingas, como ficaram conhecidas. Elas faziam cerâmica (porque esta sempre foi atividade exclusivamente feminina), caçavam, certamente coletavam mel e frutas, mas se recusavam ao fastidioso trabalho da coivara e da roça.

E também tinham um prestigioso símbolo: a flauta de osso, com que eram sepultadas. Os homens que chegaram parecem ter tomado delas tal prerrogativa.

Ora, um dos temas míticos recorrentes em toda a América do Sul é o da origem do domínio masculino. Povos da terra do Fogo, do Pantanal e da Amazônia têm histórias muito parecidas para explicar como os homens adquiriram poder sobre as mulheres. E versões tupis (como a dos mundurucus e dos camaiurás) contam que, no princípio, as mulheres descobriram o segredo dos espíritos habitantes das flautas; e que por isso mandavam nos homens. Quando, enfim, os homens conquistaram delas aqueles sagrados instrumentos, a situação se inverteu, definitivamente.

A história, assim, repete o mito, na direção contrária. As amazonas do frei Carvajal, as icamiabas de Cristóbal de Acuña (e me perdoem se esqueço alguém, pois a esta altura da novela não tenho tempo de consultar mais livros) foram mulheres que ousaram a mesma aventura das itatingas do Rio de Janeiro: se isolaram dos homens, se armaram pesadamente, retomaram o controle sobre os espíritos das flautas — para serem livres.

E é claro que entre elas houve amores, pois um milênio de castidade é impossível de suportar. A questão que incomoda, portanto, é a seguinte: por que se submeteram, pela segunda vez?

Os testemunhos arqueológicos são claros: os homens que depois se introduziram entre elas não eram necessariamente mais fortes, não tinham mais ou melhores armas; pelo contrário: nem sabiam manejar a mortífera itaiça, não usavam lanças nos combates.

As itatingas, por sua vez, viveram pelo menos mil anos sozinhas. É claro que não se reproduziam: deviam raptar meninas de tribos vizinhas; tribos que certamente oprimiam, dada sua superioridade bélica, e de quem extorquiam o milho e a mandioca que se recusavam a cultivar.

E não me venham com a balela de que homens têm, naturalmente, maior força física e são mais agressivos: as itatingas passaram um milênio caçando sozinhas, enfrentando a mesma fauna, o mesmo meio selvagem, sem necessitar de homens.

O enigma talvez nunca se esclareça, no plano estrito da arqueologia. Todavia, há quem sugira que as itatingas — vivendo há mil anos num modelo superior de civilização — foram movidas por uma singela fantasia, por uma nostalgia atávica: a de experimentar, outra vez, a barbárie.

Enquanto o drama de Guiomar agitava o sobradinho da rua da Alfândega, na rua da Relação, Baeta enfim conseguiu ser recebido pelo chefe de polícia, perto das seis horas. A ansiedade do perito era justificável: tinha acabado de solucionar, num nível estritamente lógico, com procedimentos puramente científicos, o crime da Casa das Trocas.

E Baeta contou sua versão da história, omitindo apenas alguns fatos que não prejudicavam a apuração definitiva da verdade: ao rever a perícia, cotejando as impressões digitais encontradas na garrafa de vinho e no cabo do chicote com as da ficha de Aniceto, concluiu serem idênticas. Aniceto, assim, não apenas estivera na cena do crime, mas assassinara o secretário, porque as mãos que colheram a garrafa pelo bojo tinham as mesmas dimensões das que esganaram o pescoço.

Isso inclusive eliminava um problema da primeira teoria, que ele mesmo, Baeta, apontara: o de que a força empregada no estrangulamento era excessiva, para uma mulher.

— Mas não havia digitais também nas taças?

Era verdade. O perito esquecera aquele pormenor. Era simples, a objeção do chefe de polícia: se Aniceto, com roupas de mulher para se parecer com Fortunata (como queria o perito), tivesse entrado no quarto com o vinho e as taças, e, a seguir, aproveitando-se da circunstância de já estar o secretário amarrado, vendado e amordaçado pela irmã (como dizia o perito), houvesse cometido um crime, como se explicaria a digital da vítima na taça e na garrafa?

— Sinceramente, não acredito que o secretário tenha brindado com o assassino, antes de morrer.

Baeta quase riu daquela ingenuidade. Aqueles polícias tradicionais, os homens bons das antigas gerações, tinham mesmo o vício de achar que crimes eram obras literárias; e ficavam buscando coerências psicológicas quando evidências objetivas, cientificamente controladas, apontavam para outra direção.

Para reforçar o argumento, o perito lembrou que algumas enfermeiras já admitiam terem confundido Fortunata e Aniceto, que a pessoa que subira com o vinho poderia ter sido um homem.

O chefe de polícia — que conversava com visível desconforto — queria entender primeiro como Aniceto entrou na casa. E por que entrou, já que, preso como estava o secretário, a própria prostituta poderia tê-lo estrangulado. Queria compreender por que foi Aniceto, e não Fortunata, quem buscou o vinho, aumentando o risco de serem descobertos.

As respostas, segundo o perito, ficavam na esfera da especulação. Havia um dado material: as digitais de Aniceto eram as da garrafa; e as mãos da garrafa estiveram no pescoço. Logo, Aniceto esganara o secretário.

Baeta não descartava a hipótese de que toda aquela encenação — as ataduras, a mordaça, a venda, um homem vestido de mulher e uma garrafa de vinho — tivesse a ver com as vocações sexuais da vítima. E concluiu o raciocínio com uma frase que poderia ser de dona Brigitte ou Miroslav Zmuda:

— Naquela casa, qualquer coisa é possível.

Estava muito circunspecto, o chefe de polícia. No fundo, tinha imensa admiração pelo perito, considerava Baeta um de seus melhores homens, um dos orgulhos da polícia carioca. E via a angústia tremenda em que ele se debatia, a sua sincera crença naquela versão, naquela fabulação absurda de serem gêmeos Aniceto e Fortunata, que só sustentava por desconhecer, talvez, um fato essencial.

— Preciso te contar uma história.

O perito pressentiu alguma coisa séria.

— Lembra que, enquanto você fazia o cerco ao capoeira, nós investigávamos o lado político do caso?

Baeta assentiu. Ele mesmo tinha sugerido isso, no primeiro relatório.

— O secretário tinha mesmo alguns desafetos, andou contrariando interesses particulares e influenciando o marechal contra certas personalidades. Um desses, digamos, inimigos estava na lista dos fregueses de Fortunata, que você obteve do doutor Zmuda. Tivemos ainda informações de que ele teve uma amante, uma prostituta fixa, cuja descrição se assemelhava à da suspeita. Tentamos identificá-la, mas logo nos ocorreu que ela, em São Cristóvão, deveria estar usando um nome falso — como faz toda essa espécie de mulher. E era isso que talvez estivesse empatando as nossas diligências. Lembrei, então, do seu relatório, em que você dizia ser a referida Fortunata irmã gêmea desse Aniceto Conceição. Bastava, assim, verificar os registros de nascimento. Fomos aos cartórios e conferimos os assentamentos de Aniceto: filho de pai ignorado e de uma tal de Maria Conceição dos Anjos. Se tinha uma irmã gêmea, se a mãe registrara o filho, bastava ver quem era a filha, nascida da mesma mãe, no mesmo dia.

Houve, então, uma pequena pausa.

— O problema, Baeta, é que esse registro não existe: Aniceto Conceição não tem, nunca teve, uma irmã gêmea.

Difícil descrever o espanto do perito. E sua humilhação, pois naquele caso deixara de aplicar o princípio que ele mesmo defendia: o da indiscrição contínua e exaustiva. Se tivesse insistido em verificar todos os pontos, teria descoberto a mesma coisa.

E o chefe de polícia foi além; disse que todos os cartórios foram intimados a identificar qualquer filha de Maria Conceição dos Anjos, nascida cinco anos antes ou cinco anos depois da data de Aniceto. Não havia mesmo nenhuma irmã. Não havia nenhuma Fortunata Conceição.

Atônito, o perito chegou a cogitar a hipótese de que Aniceto fosse a própria Fortunata, disfarçada de homem — talvez por ter a mãe cometido a loucura de inverter o sexo da filha, no registro. E ia articular alguma coisa, quando bateu na porta um oficial de gabinete, com um recado urgente:

— Doutor Baeta, o delegado do primeiro distrito telefonou, pedindo que o senhor vá, sem demora, a esse endereço aqui, na rua da Alfândega. Parece um probleminha grave, com dona Guiomar.

Não pensem que o perito encontrou uma mulher humilhada e soluçante, no sobradinho da rua da Alfândega, no antigo trecho da Quitanda do Marisco. Guiomar, ainda que incompletamente, tinha feito a passagem; e estava livre.

Recomposta, apesar de mantida sob a ameaça das armas, negou tudo, alegando ter sido vítima dos próprios polícias. E Hermínio — também malandro — confirmou a mentira. Os agentes estavam atordoados: achavam que Guiomar estava mesmo sendo violentada — pela forma como fora levada pelo remador e pela cena com Aniceto, que não deixava muita margem a interpretações. E esperavam ansiosamente que Mixila voltasse, trazendo o capoeira, para confirmar a verdade.

O caso era complexo em função do precedente: Baeta, no dia 9 de outubro, fizera queixa ao chefe contra os homens da praça Mauá — mencionando Mixila, expressamente. Agora, aquela situação. Sem permitir que respondessem — Hermínio ou Guiomar — à pergunta do delegado (sobre a razão que os trouxera ali), o perito interpôs uma outra indagação:

— Com base em que andaram seguindo a minha mulher?

Era uma acusação, no fundo. Porque a rua da Alfândega estava fora da jurisdição do primeiro distrito. Uma ação ali só se justificaria se a estivessem investigando por delito cometido na área da praça Mauá. A ação dos agentes, portanto, era ilegal e demonstrava ser ele, perito, o verdadeiro alvo daquela perseguição, desde o encontro no Hans Staden, com o próprio delegado.

Poucas vezes vi um homem agir assim. Baeta intuiu a verdade, aliás, conhecera a verdade desde antes, desde que tivera aquele furtivo pensamento, quando voltava da casa de cômodos da portuguesa, sobre Aniceto, a mulher e o chicote de cabo de prata.

A notícia da presença do capoeira, naquele sobrado, era a evidência crassa da traição de Guiomar. Mais tarde, iria rever aqueles fatos mentalmente e deduziria até que o roubo à sua casa tinha sido simulado, por ela mesma.

Era enorme, contudo, a vaidade do perito. Não poderia admitir, diante de seus inimigos, qualquer falha na conduta da mulher — ainda que por trás o achincalhassem. De Aniceto, cuidaria sozinho, para vingar o ultraje (embora já se desse por vencido, na questão da aposta). Com Guiomar, seu problema era outro; e só iriam resolvê-lo na casa térrea de beira de rua, no Catete: tinha tanta paixão e tanto ódio, que sentia mesmo uma vontade inelutável de lhe dar uns tapas.

A atitude de Baeta, tão inesperada, acabou amedrontando o pessoal do primeiro distrito. Talvez porque houvessem reconhecido nele, agora, intuitivamente, um capoeira legítimo, ao menos em sua constituição moral. Baeta se reconciliava, enfim, com suas origens.

Tanto que, quatro dias depois, quando prenderam Rufino e encontraram, em pontos diferentes do maciço da Tijuca, os corpos de Mixila e de um dos comissários, o nome do perito foi o primeiro a ser lembrado, na praça Mauá.

A operação de busca na mata tinha sido organizada pelo chefe de polícia, diretamente. Todavia, com a prisão do feiticeiro, e por serem as presuntivas vítimas policiais do primeiro distrito, coube ao respectivo delegado a formação do inquérito.

Baeta fora chamado para opinar se Mixila e o comissário haviam sido — como se suspeitava — assassinados. Sobre o agente, com sinais claros de envenenamento (e seria depois constatada a ação da peçonha de jararacuçu, com picadas de talvez mais de uma cobra), nada se poderia afirmar de conclusivo.

Em relação ao comissário, contudo, caído num fosso e perfurado por estrepes, o dolo era evidente.

Rufino confessava ter cavado e enchuçado a vala, cobrindo tudo depois, com galhos secos. Todavia, segundo ele, não pensara em matar o comissário: pusera os estrepes ali há mais de quarenta anos, para se proteger dos capitães do mato, quando era ele, Rufino, o cabeça do quilombo da Cambada.

O delegado queria saber se uma perícia no fosso poderia atestar a idade da armadilha. E Baeta quis ir até o lugar. Foi quando alguém ponderou com o delegado:

— Perda de tempo, chefe. Esse velho não mente.

Nesse momento, alguma coisa que estava sufocada, dentro do perito, emergiu. Esquecendo quem dissera a frase, partiu, com o dedo em riste, para o velho, como para agredi-lo.

— Pois esse velho mente! E eu tenho a prova!

Nada podia ser, para Rufino, mais aviltante. Indignado, desafiou o perito, então, a provar.

— Mentiu quando disse que Fortunata era irmã gêmea de Aniceto. E Aniceto nunca teve irmã.

O velho deu uma gargalhada tão cavernosa que desconcertou a todos:

— Nunca disse que eram irmãos. Muito menos que eram gêmeos. Disse que cresceram na mesma barriga.

Dessa vez, foram os agentes que caíram na risada.

— E não é, por acaso, a mesma coisa?

Com uma expressão sarcástica, de um desprezo milenar por toda aquela falsa sabedoria, o feiticeiro modulou a resposta:

— Não é, não, doutor. Cresceram na mesma barriga porque são a mesma pessoa.

E o último crime antecedente — cuja história se intitula *A sedição das amazonas* — já pode ser apresentado, para a interpretação final.

Estamos em 1531, ano em que Martim Afonso de Souza, donatário da capitania de São Vicente, entrou com suas naus e quatrocentos homens na baía do Rio de Janeiro, para fazer aguada, ancorando próximo à foz do rio Carioca, na atual praia do Flamengo. Teria sido Martim Afonso quem mandou levantar, nas margens desse rio, a tão falada Casa de Pedra.

Mas isso não importa, nesse momento, para a narrativa. O fato é que Martim Afonso, com esse ou outros trabalhos, ficou cerca de três meses na baía. O intento real do donatário é denunciado por seu próprio irmão e capitão menor da frota, Pero Lopes de Souza, no diário de bordo em que registrou os passos da viagem. Num conhecido trecho, informa este que o capitão-mor mandou entrar pelo sertão quatro homens; que andaram, os homens, cento e quinze léguas e voltaram dois meses depois, com cristais de quartzo e novas de que no rio Paraguai havia prata e ouro.

Martim Afonso, é claro, partiu logo, rumo sul. Não se sabe se achou alguma coisa, no Prata. O certo é que, por ordem sua, parte da armada retornou a Portugal. Pero Lopes comandou essa viagem, em missão que se deduz fosse secreta, fazendo escala, outra vez, no Rio de Janeiro.

O que fizeram na Guanabara, entre 24 de maio e 2 de julho, o diário não conta. Mas é aí que entra a minha parte, para reparar esse terrível lapso: porque eu sei, exatamente, o que sucedeu.

Como na primeira estada, alguns homens foram expedidos para o sertão, acompanhados, como sempre, de alguma escolta indígena. Dessa vez, foram três aventureiros — três degredados em perdidas feitorias da costa, que tinham anos na terra e conheciam muito bem a língua.

Não iriam percorrer tamanhos chãos, como os outros, nem precisariam ficar dois meses no mato: a entrada não deveria durar mais de quinze dias e ficaria circunscrita à cidade natural, limitada pelas duas baías: a da Guanabara, no levante, e a de Sepetiba, no ocidente.

Mas não eram de confiança, os degredados. Pero Lopes contava apenas com a lealdade do gentio. Todavia, por não dominar o idioma, não percebeu certa tensão, certa desavença entre os componentes nativos do grupo.

E a entrada foi, por uma velha trilha aborígene, meio paralela ao litoral, que conduzia a Angra dos Reis. É provável que os aventureiros tivessem coordenadas ou até uma cópia de parte do mapa de Lourenço Cão — daí demandarem, aparentemente, o rio Piraquê. Todavia, quando chegaram às imediações do então dito lugar da Marambaia, os índios, simplesmente, pararam.

Não houve exatamente discussão: alegavam que se continuassem por aquela rota iriam dar num sítio indesejável, onde não seriam, certamente, bem-vindos. Os degredados insistiram em saber o que era; e alguém acabou falando: naquele rumo, passariam muito perto de uma taba governada por mulheres, que convinha evitar.

Infelizmente, ainda não obtive o mapa de Lourenço Cão; por isso não sei se era mesmo fundamental respeitarem o trajeto prescrito por Pero Lopes. Mas suspeito que a menção a mulheres — mulheres soberanas — deve ter excitado a fantasia dos aventureiros, por natureza predispostos ao risco.

E foi este o acerto: os índios ficavam, à espera; enquanto os degredados iam, para ver no que davam.

E existia mesmo, a aldeia, numa elevação do terreno, cercada e protegida pelos manguezais. A oca — porque não era, propriamente, uma casa — combinava elementos autóctones e europeus: era alta e ampla, com doze braças de frente e seis de fundo, coberta com folhagens e podendo abrigar, no interior sem paredes, uma centena de pessoas. A entrada se fazia por uma porta única, central e baixa. Mas a estrutura era de linhas retas e havia janelas, para ventilação e luz, na beira do teto. Não sei se ficou claro que a aldeia inteira era constituída por essa habitação.

Os degredados, contudo, não prestaram atenção a isso. Os selvagens tinham falado numa taba de mulheres. E havia homens. Exceto talvez por um terço da população feminina, muito índia, eram mestiços, mamelucos, todos eles. Embora parte das mulheres andasse nua, a vestimenta de ambos os sexos consistia num tipo de manta de algodão grosso, com um furo no meio para deixar passar a cabeça, que caía por trás e pela frente, como uma opa, e era atada na cintura com um fio simples.

Lembravam uma ou outra palavra portuguesa, mas eram incapazes de compreender uma frase nesse vernáculo. Diziam descender de perós, que vieram do outro lado do mar, em enormes igaraçus. E os três foram levados até a praia, numa espécie de lugar sagrado onde jaziam os escombros do que reconheceram ter sido uma caravela.

Num dos cantos da oca, os degredados ainda puderam ver o espólio daquele naufrágio — a que os mamelucos não davam serventia e que era conservado como meras relíquias: instrumentos náuticos, como um quadrante e uma esfera armilar; peças de vestuário, como botas altas de tacão, um gibão surrado de baeta e dois cinturões já meio comidos; armas, como um sabre turco e um imprestável arcabuz holandês; e tralhas diversas, como um fragmento de espelho, anzóis, grampos, roldanas, grosseiras canecas, antiquíssimos castiçais e (para pasmo de todos) moedas, muitas moedas de cobre e prata.

Estavam maravilhados, os aventureiros, com a descoberta. Mas uma coisa os intrigava: os indígenas haviam mencionado um governo de mulheres; mas — até então — eles só as tinham visto trabalhando, na fiação, no preparo da comida e até na roça, de onde voltaram, no fim do dia, com feijões.

A grande surpresa veio nessa hora: antes que pudessem tramar qualquer coisa, os mamelucos, com expressões imperativas e gestos enérgicos, depois de desarmarem os estrangeiros, empurraram os três para dentro da oca, onde tiveram pés e mãos amarrados, sendo abandonados no chão, embaixo daquele emaranhado de redes e estrados que constituía toda a guarnição interior.

E a aparente tranquilidade do dia foi substituída, à noite, por grande agitação e agressividade, por discussões ásperas e arremedos de briga, entre homens e mulheres, indistintamente.

Era lua nova e a escuridão piorava as coisas. Os mamelucos mantinham — não se sabia por que — as fogueiras apagadas; e, naquele ambiente exaltado e ríspido, sentiram medo, os degredados. Quando imaginavam que algo muito grave iria acontecer, aconteceu.

Toda a aldeia, opressa por aquela estranha expectativa, sucumbida pela ansiedade, já se tinha recolhido às redes, em completo silêncio, salvo pelo ruído ofegante das respirações. A voz que ouviram, que fez tremer uma centena de pessoas, veio de fora:

— *Ajaguajucá jeibé! Äé reriguara ixé!*

É difícil descrever o pavor dos degredados — que entendiam as palavras, mas não davam com o sentido. Ao mesmo tempo, no entanto, o desespero físico que percebiam entre os mamelucos revelava que não eram os únicos a correr perigo. Perceberam mal, contudo, a reação do mulherio, que dava gritos abafados:

— *Possupara ojur! Possupara ossyk!*

E a voz de fora — gutural, selvagem, ameaçadora, fascinante — ecoou então dentro da oca, fazendo o terror chegar ao seu paroxismo.

Não dava, naturalmente, para ver quem era: mas era um homem — que talvez vestisse andrajos do que fora o traje nobre de navegador, embora também tivesse preso às costas um enorme penacho indígena, uma espécie de enduape. E esse homem, essa besta, que veio fossando, que veio farejando, até se aproximar bastante de onde estavam os degredados, caiu, subitamente, sobre uma das redes.

Não acreditaram, os três aventureiros, no que os sentidos informavam: enquanto as demais mulheres pareciam piar como macucos quando empoleiram, o ruído na rede era de cópula — violenta, feroz, animalesca. E não tiveram dúvida de que a contemplada pelo visitante não fora uma vítima, propriamente dita.

E era aquilo mesmo: a aldeia dos mamelucos, descendentes dos perós naufragados, era assolada, todo mês, toda lua nova, pelo visitante: o *possupara* — que as mulheres (constataram depois) disputavam.

Quem era, de onde vinha, não disseram. E isso mais indignou os degredados, que não compreendiam aquela frouxidão, tamanha falta de hombridade naqueles pais e maridos — que seriam uns trinta, contra apenas um.

Enganado está quem pensa que os aventureiros permaneceram na aldeia, por mais uma lua, porque tentavam arranjar um modo de surrupiar as moedas. Os índios da escolta não quiseram mais esperar; e contaram, na Carioca, terem fugido, todos três. Como fosse uma missão secreta, Pero Lopes omite esses fatos, no diário.

Lá, no lugar da Marambaia, os degredados conheceram quem mandava — pois o convite partiu delas: se ficassem, receberiam como esposas as três próximas virgens que viessem a menstruar.

Certos instintos masculinos são, contudo, previsíveis: os aventureiros aceitaram a proposta — mas não concordaram, no íntimo, com a cláusula tácita que impingia o visitante.

Assim, uma semana antes da próxima lua nova, os degredados — sem alarde — começaram um trabalho surdo de convencimento, de sublevação, com cada macho da aldeia, traçando o plano simples de matarem o visitante. Os homens pareciam desejar essa morte, mas ouviam tudo de olhos baixos, sem coragem para agir. Todavia, para os degredados, bastava a simples anuência.

Se fossem afiar o sabre turco, levantariam suspeitas. Por isso, conseguiram dos mamelucos cordas fortes de embira, com as quais poderiam conter e estrangular o inimigo. Só havia um problema: na hora, tinha de haver um mínimo de luz.

Então, na lua nova, a cena toda, a ansiedade toda se repetiu: o visitante anunciou sua chegada — *matei hoje uma onça, mas sou comedor de ostra* — e entrou na oca, farejando, fossando, até escolher uma rede.

Nisso, brilhou um tição. E os degredados saltaram na direção do invasor. Ninguém sabe quem morreu primeiro: três flechadas, três flechadas femininas, derrubaram todos três no chão.

O mameluco do tição morreu depois, com mais uns outros que andaram conspirando e trançando embira para fazerem cordas. Mas isso foi no dia seguinte, depois que o visitante foi embora, depois de ter feito a sua plácida escolha.

E Rufino provou que não mentia. Levado até a floresta por um séquito de polícias, que incluía o perito e o delegado, foi pela trilha que levava à gameleira fundamental, ponto de reunião, ou residência, das terríveis feiticeiras inominadas, senhoras noturnas, donas dos espíritos de pássaros, guardiãs dos mistérios do lado esquerdo do mundo, incapazes de discernir o bem do mal. E — agora digo eu — o homem da mulher.

Era lá, naquela gameleira, onde fizeram obrigações, que o velho supunha ter Aniceto se refugiado, pois era o único lugar, na mata, que ele talvez conseguisse alcançar, sem se perder.

— Nessa altura, já deve ter morrido.

Era, também, verdade. Mas não fora o labirinto da floresta que matara Aniceto: tinha caído de uma pirambeira, mas a cabeça exibia o buraco da bala disparada pelo agente Mixila — que também não conseguira voltar.

O cadáver do capoeira foi carregado até a rua da Relação — e nem é necessário informar que se tornou secundário o problema dos estrepes.

— Ele é como um cavalo-marinho. Passem a faca, que vocês vão entender.

Não se sabe a razão, mas não permitiram que Rufino assistisse à autópsia que ele mesmo recomendara. Isso, é evidente, não alterou o fato crucial, inexplicável: Aniceto não era hermafrodita. Mas tinha útero. E estava grávido.

Tal fenômeno, é claro, provocou grande especulação entre os legistas. Mas o caso teve o destino de todas as grandes verdades, das verdades que nos são insuportáveis: virou, talvez apenas, lenda.

Como houvessem circulado — não sei como — as antigas ideias de Baeta sobre a presença dos supostos irmãos Fortunata e Aniceto, na Casa das Trocas, voltou com força a história da passagem secreta; e o tesouro de Rufino foi milagrosamente esquecido — substituído pelo tesouro da marquesa.

Não era um tesouro irreal — como nunca foram os da cidade do Rio de Janeiro. Ninguém imaginava é que fosse constituído por meros cadernos de capa preta, preenchidos em alemão e guardados, depois da morte do doutor Zmuda, num compartimento secreto, debaixo da escada, atrás de uma parede de pedra, num túnel perdido que um dia ligou a casa da marquesa à Quinta da Boa Vista.

Baeta passara a viver, depois da autópsia de Aniceto, uma angústia tremenda: lembrava das coisas feitas na cama, com Fortunata, sem saber que se tratava de um homem. Tinha beijado a meretriz na boca, pusera a sua boca em lugares — e já não tinha certeza se eram exatamente aqueles. Faltava ao perito, na verdade, o esclarecimento completo do mistério: como aquele corpo ambíguo pôde ter existido, se existiu?

E foi para tentar compreender essas coisas que intercedeu e obteve, com o chefe de polícia, a soltura de Rufino, embora sob condição. E o velho, que fora quilombola, que tinha sido o cabeça do quilombo da Cambada, capitulou à oferta do perito.

Aniceto (contou o velho) começara na linha de ijexá, na casa do babalaô Antônio Mina, que — não sendo muito aceito pela colônia baiana, que morava mais para a Cidade Nova — fora buscar adeptos entre o povo da Saúde.

Foi Antônio Mina quem primeiro contou ao capoeira histórias de homens que também eram mulheres. E Aniceto, formado na ética da capoeiragem, especulou sobre o poder sexual de um indivíduo macho — que tivesse passado, fisicamente, por uma experiência feminina.

Mas os ijexás, embora houvessem sido, desde sempre, governados por rainhas, tinham inconcebíveis estreitezas: Antônio Mina nunca permitiria que Aniceto chegasse àquele ponto. E se recusou até a iniciá-lo, como babalaô, com temor de coisas que viesse a conhecer.

Foi quando o capoeira procurou a linha de macumba. E ele — Rufino — preparou o ritual, que principiou por um pacto, firmado sob certa gameleira da floresta da Tijuca, com as senhoras da noite, possuidoras dos espíritos de pássaros.

E, numa sexta-feira 13, o velho levou Aniceto ao cemitério dos Ingleses. Baeta — que já não duvidava de mais nada — ficou impressionado com aquela narrativa: depois de incinerar as roupas e ministrar certas bebidas, o feiticeiro, com o próprio saco em que carregava suas mandingas, sufocou o capoeira, até a morte.

Devia ter uma força extraordinária, aquele velho, pois Aniceto se debateu desesperadamente — embora não ignorasse o sacrifício ao qual concordara se submeter. E o corpo baixou à cova, onde devia haver pelo menos outra pessoa recentemente sepultada.

Corrido o prazo de quatorze meias-noites, quatorze horas grandes, Rufino abriu de novo o túmulo, desenterrando, todavia, Fortunata. Isso acontecera há cerca de três anos.

Não era necessário dizer ao perito quem tinha sido ela. Na sexta-feira, 13 de junho daquele ano de 1913, o que o velho fez foi apenas iniciar, a pedido dela, a reversão do processo: Fortunata foi morta e enterrada, pelo mesmo modo, para renascer, depois da hora grande do dia 26, como Aniceto.

O problema tinha sido a abertura da vala comum, no dia 23.

No fundo da cova, o corpo da pessoa entrava muito rápido em decomposição — em virtude das beberagens — e reassumia, também rapidamente, a forma anterior, invertendo apenas o sexo. Eram, essencialmente, a mesma pessoa. Daí serem idênticas (concluiu o perito) as impressões digitais e a caligrafia, além da própria semelhança física.

Baeta reconheceu que Aniceto tinha explorado muito bem aquela semelhança. E o bilhete forjado, que mencionava o secretário pelo nome, a história de que não o entregara à dona Brigitte para não comprometer a "irmã", somado a todas as mentiras baseadas em fatos reais da sua biografia, fizeram que ele, Baeta, aceitasse a versão sem desconfiar de nada.

Mas houve o problema da abertura da vala: a metamorfose, segundo Rufino, necessitava de escuridão total, de uma imersão profunda no submundo da morte. O cadáver que veio à tona, no dia 23 — embora fosse já o de um homem, como a própria perícia constatou —, sofreu uma breve interrupção no ciclo transformativo. E o defeito disso decorrente se manifestou depois: Aniceto tinha dores, precisava tomar constantemente garrafadas, porque manteve um útero e um feto morto, mumificado, em seu corpo masculino.

Baeta recordou todas as frases ditas pelo velho. E nenhuma delas era mesmo uma mentira: foi um homem quem lhe deu os brincos; e ele nunca desenterrou um cadáver no cemitério dos Ingleses.

Àquela altura, Baeta já podia adivinhar qual tinha sido a intenção de Aniceto, ou Fortunata, quando escolheu aquela vida, na Casa das Trocas.

Rufino apenas confirmou: a pessoa, o homem que mergulha na experiência crítica da morte, e vive, depois, como mulher, penetra, completamente, no lado esquerdo do mundo, passa a conhecer os segredos femininos, adquire o dom da feitiçaria — só que num nível tão profundo que esse homem, essa pessoa tem o poder de encantar, de embruxar, de fascinar, de seduzir, de intuir e de saber, exatamente, o que acontece na intimidade obscura das mulheres.

Os feiticeiros, que ensinaram essa magia a Rufino, o advertiram sobre o perigo que representava: porque esse homem, com esse poder, seria capaz de tomar para si todas as mulheres do mundo. E mais: chegaria a matá-las, se atingissem, com ele, o orgasmo máximo — quando tal intensidade chega a ser insuportável.

— Se o prazer fosse dividido em mil partes, novecentas e noventa e nove ficariam com a mulher.

O perito só não compreendia por que Fortunata, ou Aniceto, tinha estrangulado o secretário, exatamente no dia em que iria fazer o ritual da volta.

— Quando chega a hora, ficam muito violentas. Como se fosse uma revolta do macho que têm dentro delas.

Baeta lembrou que as testemunhas falaram do comportamento nervoso e agressivo da prostituta, às vésperas do crime. Só estranhou, na frase de Rufino, o plural.

— Fiz isso já em muita gente, doutor.

E o velho, intuindo exatamente aquilo que o perito iria logo perguntar, se antecipou:

— É que Aniceto era vaidoso. Queria ser o melhor dos homens. Mas antes dele, nunca. Ninguém. Nenhuma delas quis voltar.

Rufino não chegou a falar sobre velhas tradições africanas que associam o homem à luz, aos números ímpares, às florestas e ao lado direito. Femininos são, portanto, a noite, os números pares, as profundezas aquáticas e o lado esquerdo. Trata-se, como se vê, de mundos incomunicáveis.

Houve, contudo, nos tempos primordiais, uma exceção: um caçador, uma espécie de Oxóssi, feiticeiro cruel e poderoso, que fez um pacto com as Senhoras da Noite e adquiriu a habilidade de se transformar em mulher — adotando, consequentemente, o emblema do cavalo-marinho.

Essa divindade habita a mata mas também os rios, particularmente as margens encharcadas, as zonas onde as águas se misturam com a floresta.

E o Rio de Janeiro — cidade erguida sobre pântanos e mangues, desde os primeiros sambaquis dos itaipus às toscas paliçadas de Estácio de Sá — foi predestinado a esse feiticeiro, a esse caçador. Por isso reproduz, infinitamente, a mesma aventura: a luta imemorial da humanidade pelo controle do outro, pelo domínio do orgasmo — que é, hoje sabemos, o maior poder.

Há uma cena da novela que ainda não narrei: quando Rufino termina sua explanação, sabendo que Baeta buscava o mesmo dom de Aniceto, oferece ao perito aquela possibilidade; pergunta se não desejaria passar pela mesma experiência. Todavia, antes que o outro responda, o livro acaba.

Porque — como eu também sou Baeta, como eu mesmo sou Baeta — não permitirei à personagem que se arrisque além das nossas acanhadas circunstâncias.

Só me resta, assim, agradecer à cidade, e ao seu deus, o que me permitiram viver e, principalmente, imaginar — que é a forma mais perigosa de experimentar a vida.

E, se é dado ao homem um último desejo, que meu corpo permaneça e se dissolva neste solo fabuloso — que é o de todos os oxóssis, dos caboclos da mata e de São Sebastião.

Do Rio de Janeiro,
entre 1º de março de 2010
e 20 de janeiro de 2011.

Agradecimentos

Ao Joãozinho, quem primeiro ouviu e discutiu a história deste livro, antes de começar a ser escrita;

à Elaine, pela inspiração contínua e insinuante;

ao Nilton da Silva Nascimento, exemplo de funcionário público, que me guiou pela Casa da Marquesa de Santos, hoje Museu do Primeiro Reinado;

ao José Minervino, que me levou por entre lápides e tumbas do fascinante cemitério dos Ingleses, onde pretendo me enterrar;

ao Edu Goldenberg e ao Paulo Klein, pelas informações e indicações de fontes sobre a história administrativa da polícia civil do Rio de Janeiro (não sendo responsáveis por minhas pequenas liberdades ficcionais);

ao André Luiz Lacé Lopes, pelas sugestões bibliográficas e por ter reavivado a memória da minha capoeira adolescente;

ao Fred Mussa, mestre angoleiro e irmão querido, por repartir comigo seu acervo intelectual sobre a capoeiragem antiga;

ao Luiz Carlos Fraga e ao Ronald Cavaliere, cujo cabedal de leitura e imenso entusiasmo pela ficção policial me foram muito estimulantes;

ao Miguel Sanches Neto, pela impressionante capacidade crítica e profundo saber literário;

ao Stéphane Chao, pela indispensável erudição mitológica;

a todas as pessoas que direta, indireta e afetivamente contribuíram e contribuirão para a aventura deste livro: Adriana Fidalgo, Ana Lima, Ana Paula Costa, Andréia Amaral, Beatrice Araújo, Bruno Zolotar, Camila Dias, Carolina Zappa, Cecília Brandi, Cecília Maggessi, Elisa Rosa, Fátima Barbosa, Gabriela Máximo, Guilherme Filippone, Ivanildo Teixeira, Juliana Braga, Leonardo Figueiredo, Leonardo Iaccarino, Livia Vianna, Magda Tebet, Márcia Duarte, Maria da Glória Carvalho, Regina Ferraz, Sérgio França, Tatiana Alves, Vivian Soares;

e à Luciana Villas-Boas, como sempre, por tudo.

Este livro foi composto na tipografia Minion Pro,
em corpo 12/17, e impresso em papel off-white
no Sistema Cameron da Divisão Gráfica
da Distribuidora Record.